文学有什么用

林少华 著

青岛出版集团 | 青岛出版社

图书在版编目（CIP）数据

文学有什么用 / 林少华著 . — 青岛 : 青岛出版社 , 2024.3
ISBN 978-7-5736-1569-5

Ⅰ . ①文… Ⅱ . ①林… Ⅲ . ①散文集 – 中国 – 当代 Ⅳ . ① I267

中国国家版本馆 CIP 数据核字（2024）第 243178 号

WENXUE YOU SHENME YONG

书　　名	**文学有什么用**
著　　者	林少华
插　　画	吴浩然
出版发行	青岛出版社
社　　址	青岛市崂山区海尔路 182 号（266061）
本社网址	http://www.qdpub.com
邮购电话	0532–68068091
责任编辑	王　伟
封面设计	今亮后声·小九
照　　排	青岛可视文化传媒有限公司
印　　刷	青岛双星华信印刷有限公司
出版日期	2024 年 3 月第 1 版　2024 年 3 月第 1 次印刷
开　　本	32 开（889 mm × 1194 mm）
印　　张	9.5
字　　数	170 千
印　　数	1—4000
书　　号	ISBN 978–7–5736–1569–5
定　　价	59.00 元

编校印装质量、盗版监督服务电话：4006532017　0532–68068050
上架建议：当代文学·名家散文

写在前面

自忖别无他能，加之生性懦弱，既做不成伟大的事，又干不出荒唐的事，遂以涂鸦为乐。黑板涂鸦之余，时而纸上涂鸦。此次承蒙青岛出版社的美意，从二〇一七年以来的涂鸦存档中左挑右选，得以凑成这本算是散文随笔集的小书。姑且分为四个小板块："文学有什么用""木棂窗纸上的夕晖"""然后然后'何时休""问世间，情是何物"。

其中字数最多的板块是"文学有什么用"。没人问钱有什么用，一如没人问空气有什么用。有钱能使鬼推磨，人所共知。但的确有人问文学有什么用。

那么文学到底有用还是没用？若要我回答，不妨请你这样设想一下：没有文学会怎么样？到处都是"鬼推磨"的世界好玩儿吗？鬼头鬼脑、鬼模鬼样、鬼鬼祟祟、鬼影幢幢，不把女生吓哭才怪。甭说别的，谈情说爱都找不到地方。而文学就是让这个世界好玩儿。喏，因了"举杯邀明月，对影成三人"（唐·李白），月亮才好玩儿；因了"玉楼金阙慵归去，且插梅花醉洛阳"（宋·朱敦儒），梅花才好玩儿；因了"小荷才露尖尖角，早有蜻蜓立上头"（宋·杨万里），荷花才好玩儿；因了"月上柳梢头，人约黄昏后"（宋·欧阳修），柳树才好玩儿。

而同是柳树，在欧美甚至日本那里，人们未必觉得好玩儿。村上春树在《村上广播》那本书中曾就此简单做过比较："美国老歌有一首《柳树为我哭泣》（*Willow Weep for Me*）。比莉·霍丽戴唱得优美动人。歌的内容是一个被恋人抛弃的人对着柳树如泣如诉。为什么柳树要为谁哭呢？这是因为英语圈称'垂柳'为 weeping willow 之故。而 weep 一词除了'啜泣'这个本来含义之外，还有树枝柔软下垂的意思。因此，在英美文化中长大的人一看见柳树，脑海难免浮现出'啊，柳树别哭哭啼啼的'这样的印象。相比之下，在日本，一提起柳树，就马上想起'飘飘忽忽'的妖婆。"那么中国呢？村上最后写道："据说过去的中国女性在即将和所爱的人天各一方之际，折下柳枝悄然递给对方。因为柔软的柳枝很难折断，所以那条柳枝中含有'返＝归'的情思。够罗曼蒂克的，妙！"

你看，一样的柳树，在欧美人眼里是哭鼻子鬼，在日本人眼里是"妖婆"，只在中国人眼里才显得罗曼蒂克好玩儿。村上所言非虚，证据俯拾皆是。仅举唐诗为例："纤纤折杨柳，持此寄情人"（张九龄）、"此夜曲中闻折柳，何人不起故园情"（李白）、"杨柳含烟灞岸春，年年攀折为行人"（杨巨源）、"客亭门外柳，折尽向南枝"（张籍）、"柳丝挽断肠牵断，彼此应无续得期"（白居易）。虽说折柳未必赠予"所爱的人"，但希望对方"返＝归"的情思并无不同。

反过来说，假如没有这类文学表达，柳树在中国人眼里也不一定显得罗曼蒂克好玩儿，被看成披头散发的"妖婆"亦未可知。荷花、月亮亦然，看上去无非一种水生植物、一个发光天球而已——好玩儿吗？不好玩。可以说，好玩儿即是文学情思，即是审美感受、审美联想、审美愉悦。而这来自文学。不过这里所说的文学，主要不是大学课堂上"文学概论"中的文学，也不是文学方向研究生作为研究对象的文学——文学一旦进入"概论"或成为研究对象，就大多不好玩儿了——而是作为一般教养的文学。那不仅给我们带来审美内驱力，而且是更为宽泛而深切的精神性快乐的一个源泉。

而更让人快乐的，是这种快乐可以不劳而获，可以一分钱也不用花。就算花钱，买一本唐诗宋词多少钱？而打一场高尔夫、玩一次麻将、喝一瓶茅台、逛一次超市或偷偷和谁幽会一回多少钱？我曾不止一次对我的研究生说，如果一个人不能从唐诗宋词中获得审美享受，换言之，如果面对"片云天共远，永夜月同孤"、面对"落花人独立，微雨燕双飞"这样的诗词佳句而全然无动于衷，那岂不赔大了？甚至傻透了？无他，盖因这种无须成本的快乐和幸福感从你眼前悄悄溜走了而你却浑然未觉。而更要命的是，这很可能使你这个人不好玩儿。要知道，这个世界上有钱的不少，而好玩的人不多。村上春树曾说没有"小确幸"的人生不过是干巴巴的沙漠罢了。而我要说，没有文学的世界不过是一朵花也没有的荒野罢了。文学没用？用处大极了！

作为我，将文学的用处用于观察日常性自然景物，于是有了第二板块"木棂窗纸上的夕晖"；用于考量日常性语言现象，于是有了第三板块"'然后然后'何时休"；用于思索和体验世态人情，于是有了"问世间，情是何物"。总之，离开文学情思，离开来自文学的审美联想，就没有这本书。

当然不是什么了不得的书。之于我的教学生涯，纯属不务正业；之于我的翻译生涯，大可忽略不计。那么我为什么还要写这本书呢？因为喜欢写。写多了，就不知不觉写成了多少会写文学性文章的教授。这么着，相比于周围大多只会写理论性文章的教授，我的看法和观点影响范围可能大了一些——言之无文，行而不远。除了喜欢，还有一个我一般不喜欢说的起因：负气。自不待言，翻译是"为他人作嫁衣裳"，工钱不多，而工作量极大。我之所以一件接一件做下来，自然也是出于喜欢，但我当然不喜欢被人指责——有人把我给村上君做的嫁衣裳说得一无是处，忽而说长了，忽而说短了，忽儿说花哨了，忽儿说老旧了，甚至说做的不是和服而是汉服、唐装、中山装。听得我好生不爽。哼，你以为俺离开翻译就活不成了？也罢，俺不给别人做了，给自己做，做自己的！于是半是负气地写了起来。一二十年写下来，蓦然回神，已经写到第七百九十篇了。先后结集，这本是第八本。

说实话，一向对我格外关照的青岛出版社本来计划把已然出过的分门别类重新包装，但我总觉得有巧立名目掏读者腰包之嫌。犹豫再三，婉言谢绝，而从六年来尚未结集的篇目中选出六十七篇，于是有了承你拿在手上的这本《文学有什么用》。但愿对你多少有用。是所望焉。

最后我要向青岛出版集团党委书记、董事长贾庆鹏致以敬意。他说一次乘山东航空的航班出行时翻看《新航空》杂志，看到我写的专栏文章，情有所动，心有所感，于是为了逐月看我的这种"千字文"而订阅了《新航空》，迄今不知订了多少年。我听了深受感动。我敢断言，为此而自费订阅这本机舱杂志的人，这个世界上唯贾总一人而已。自然而然，他对我的散文随笔集的编辑和出版投以分外热切的目光。作为我，感激之余，只能报以笔耕不辍——切莫荒芜了案头，荒芜了精神园地。

林少华

二〇二三年六月八日于双耕斋

时九台芍药鸢尾相映生辉

目 录

木棂窗纸上的夕晖

"然后然后"何时休

问世间，情是何物

文 学 有 什 么 用

文学有什么用

文学有什么用？不是我问，是有人这么问我。几年前的事了，位于青岛的中国石油大学（华东）找我去演讲，讲和石油无关的文学。想必学生，尤其女生老听石油把耳朵几乎听出油来了，所以提出要听听文学。世界上再没有比文学更容易开采、更容易讲的了。实际上我也似乎讲得一气呵成，简直就像刚加满油的最新款红旗小轿车，险些一踩油门跑去月球背面。讲罢进入"互动"环节的时候，一个男生忽一下子站起来提问，问我文学到底有什么用。石油用处大了，可文学呢？

也巧，从会场可以望见窗外有两株梧桐，套用鲁迅的修辞，一株是梧桐，还有一株也是梧桐，时值深秋，硕大的叶片正从树上翩然飘落。于是我急中生智，指着窗外回答说："喏，看见了吧？同样看见梧桐叶飘落，懂文学的人看了，可能感觉飘落的是一首诗、一支歌、一缕秋思；而不懂文学的人看了，或者熟视无睹，或者觉得仅仅是一片落叶。这就是文学的用处、文学的作用。因此，懂文学的人相比于不懂文学的人，心灵生活要丰富好多倍，精神纹理要细腻好多倍，也因此幸福和快乐好多倍。"

再以梧桐落叶为例，如果叶落时细雨霏霏，你想起的可能是李清照的"梧桐更兼细雨，到黄昏、点点滴滴"，平添缱绻的情愫；而若夜空中月牙弯弯，你脑海中或许现出苏东坡的"缺月挂疏桐，漏断人初静"，从而品味独处的幽思。再比如，看见杨柳泛绿，想起"忽见陌头杨柳色，悔教夫婿觅封侯"（王昌龄）；看见河边荠菜，想起"城中桃李愁风雨，春在溪头荠菜花"（辛弃疾）；看见村头桃花，想起"人面不知何处去，桃花依旧笑春风"（崔护）；看见海棠，想起"只恐夜深花睡去，故烧高烛照红妆"（苏轼）；看见梨花，想起"玉容寂寞泪阑干，梨花一枝春带雨"（白居易）……这样的例子可以说数不胜数。从中不难看出，文学使我们生活中随处可见的寻常景物有了不寻常的风采和底蕴，触发了我们妙不可言的感受和联想。一句话，让我们的生活有了诗意。什么叫诗意地栖居在大地上？这就叫诗意地栖居在大地上。文学无时不有，无处不在。文学看似无用，实则其为用大矣，无用之大用！

我还有个念头、一个与此相关的念头已经冒出很久了，一般情况下我不大敢说，担心有人说我矫情或者说我有所谓"差别意识"，但今天我想冒点儿风险一吐为快。

那个念头是：如果让我把世人大体分为聪明的和不怎么聪明的两大类，那么，聪明人就是不花钱即能获得快乐的人，例如刚才所说的看一枚梧桐落叶就能产生审美愉悦的人；而不怎么聪明的人呢，大约就是花钱换取快乐的人，比如花很多钱打高尔夫、泡夜总会、开"马莎拉蒂"等等——这类人士的例子就不举了，得罪人不是我的目的。而关于聪明人的例子，至少一千多年前的苏东坡是一位，简直聪明绝顶。喏，你听他是怎么说的："凡物皆有可观。苟有可观，皆有可乐，非必怪奇伟丽者也。"还说："惟江上之清风，与山间之明月，耳得之而为声，目遇之而成色，取之无禁，用之不竭。是造物者之无尽藏也，而吾与子之所共适。"还有一句说得甚是直截了当："何夜无月？何处无竹柏？但少闲人如吾两人者耳。"

说得多好啊！无论什么东西都有可观可乐的一面。比如江上清风、山间明月，比如月亮和竹柏，无所不在，无处不有，而且一分钱也不用花即可让自己乐在其中，即可"共适"，说白了，快乐不劳而获。而不少人却对此无动于衷，甚至不屑一顾，宁可花大把钱去另寻欢乐。为什么呢？无他，"但少闲人如吾两人者耳"——闲人，就是懂文学的人，就是聪明人。是的，真正的内心快乐、深切的内在激情，都不是花钱能买来的。反过来说，快乐和钱财无关，而和文学有关，和文学审美有关。什么是文学的用处？这就是文学的用处。

2022 年 4 月 10 日

文言文：有用还是没用

中小学生中间流行一句俏皮话，想必不少人都听过：一怕文言文，二怕写作文，三怕周树人。可现实情况呢，文言文越怕越多。二〇一九年开始使用的部编版语文课本，文言文或古文篇目明显增多。小学六年12册有124篇，增幅达80%，所占百分率为30%；初中6册也是124篇，占比51.7%；高中"古诗文背诵推荐篇目"，由14篇增加到72篇。高考分值达35分上下。加上作文60分或70分，可谓古文、作文一匡天下！

对此，不但中小学生，不少家长也有抵触情绪。究其原因，主要是认为文言文难度大，而且与现代社会语境格格不入，学了也用不上。

依我看，难度固然有，但真的很大吗？比如"慈母手中线""锄禾日当午""日照香炉生紫烟""两个黄鹂鸣翠柳，一行白鹭上青天"，难度有多大，比白话文难不了多少嘛！即使"苛政猛于虎也"，稍加解释也不难明白。况且英数理化的难度未必比这个小。至于用上用不上，英数理化又能用上多少呢？有人说英语有 99% 的人毕业后用不上。相比之下，文言文用处反倒大得多。以虎年的虎为例，"虎虎生威""虎视眈眈""如虎添翼""狐假虎威"以及"气吞万里如虎"，哪个不是文言？而人们发言哪个不脱口而出？写文章哪个不手到擒来？

文言文学习还有一个无可取代的核心作用。在说这个作用之前，我想先问大家一个问题：世界上什么力量最强大？军事？高科技？互联网？美利坚？No！文化的力量最强大，文化的消亡是真正的消亡。国学家章太炎先生认为，一个国家可以暂时灭亡，但只要文化没有灭亡，就有复兴的可能。众所周知，世界四大文明古国，古印度、古埃及、古巴比伦早已灰飞烟灭——如今的印度、埃及、伊拉克与之毫无关系，只有中国文明几千年绵延至今。最重要的原因，就在于我们有自成一体、自强不息的文化一脉相承。或者说我们有汉字，有以文言文为主体记载的二十四史和诗词曲赋、三国红楼。"床前明月光""家书抵万金""大江东去""晓风残月"，和孔明关羽、宝玉黛玉、齐天大圣孙悟空他们，至今仍或委婉或激越或深切或悠扬地拨动着我们的心弦，仍在影响、规定和塑造着我们的精神境界、人文情怀和审美取向，仍在为我们提供中国人之所以为中国人的文化 DNA 或血统证明。

作为中国人，你可能不知道塞万提斯、马尔克斯、博尔赫斯，更可能不知道村上春树，但你不可能，也不可以不知道"床前明月光"。说绝对些，在世界上任何角落，中国人都可以凭借"床前明月光"像说出"接头暗号"一样找到自己的同胞——你看，文化具有多么强大、多么神奇的感召力、凝聚力！而其最主要的载体就是文言文。换言之，文言文是我们文化自信的基本根据和原始凭依。何况，举目四顾，当今世界，只有我们中国人可以通过自古以来的文字直接感受古人的音容笑貌，这是多么大的幸运和幸福啊！以先秦哲人而言，喏，孔子循循善诱："学而时习之，不亦说乎？有朋自远方来，不亦乐乎？人不知而不愠，不亦君子乎？"庄子侃侃而谈："天地有大美而不言，四时有明法而不议，万物有成理而不说。"孟子谆谆教导："富贵不能淫，贫贱不能移，威武不能屈，此之谓大丈夫。"这还是先秦文言，是真正的古文，也并没有看得人一头雾水！

记得季羡林老先生生前说过："你脑袋里没有几百首诗词，几十篇古文，要写文章想要什么文采，那非常难。你要翻译，就要有一定文采。"这就是说，白话文的水平来自文言文，外文的水平来自中文。换言之，古汉语是现代汉语的天花板，母语是外语的天花板，前者的高度决定了后者所能达到的高度。

就我个人、我这个翻译匠和半个作家来说，也大大受惠于古文或文言文。以行文节奏为例，村上说他的行文节奏来自爵士乐，而我完全不懂爵士乐，那么我的译文节奏从何而来呢？来自古文，来自古文的韵律。古人为文，特别讲究韵律之美。平仄藏闪，抑扬转合，倾珠泻玉，铿锵悦耳，读起来给人一种妙不可言的快感。闲来翻阅古文，过目默诵之间，偶得灵丹一粒，即可点铁成金，而令谈吐焕彩，文章生辉。一句话，古文、文言文之为用大矣，太有用了哟！

2022 年 5 月 14 日

小书呆子与老书呆子

二〇二一年五月，长春市九台区在土们岭街道马鞍山村设立了"林少华书屋"，揭牌仪式和九台美食文化节开幕式同时进行，我应邀致辞。下面是致辞全文。

今天，此时此刻，我有幸在这里、在这么隆重热烈的场合获得讲话的机会，这让我感到分外激动、分外欣慰、分外高兴。同时我也很清楚，我之所以在这里获得讲话的机会，主要不是因为我是大学教授，不是因为我是所谓翻译家、作家。那么是因为什么呢？因为我是九台人、马鞍山人。准确说来，因为我是从九台、从马鞍山走出去的，在外面多少混出点儿名堂的九台人、马鞍山人，而这个人又有幸得到了家乡的领导、家乡父老兄弟关切的目光！

实不相瞒，关内关外、境内境外、海内海外，讲学也好，讲座也好，或者讲演也罢，多少年来登台讲话的机会已经不是很少了。但出于如此缘由的讲话，迄今为止仅此一次。也正因为仅此一次——请大家别见笑——我为这次讲话特意定做了这身中山装。记得大约十五年前，我曾为了去北京人民大会堂开会和在北大发表演讲特意定做了一套西装。这次是第二次。以我这样的年纪，我想不会有第三次了。

是的，我和大多数东北人一样，是闯关东的山东人后代。祖籍山东蓬莱，生于吉林九台，九台兴隆镇金川村。上个世纪五十年代末我父亲调来土们岭公社当团委书记，我们一家同时搬来土们岭。不久我入读土们岭中心校，读了两年转来马鞍山小学。家就在离这儿不出一里的名叫小北沟的小山村。当时还没有电灯。冷雨敲窗，一灯如豆，我就在一盏煤油灯下趴在窗台、柜角或炕桌上做作业和抄写书上的好句子，或者把房前屋后蒸蒸腾腾的杏花、李花、樱桃花写在日记本上。也曾大白天对着门前的马鞍山发呆，很想翻过山梁看山那边有什么。可以说，是马鞍山给了我最初的修辞自觉，给了我朦胧的审美意识，给了我五彩缤纷的文学想象力——诗与远方！

回想起来，那年月可是真穷啊！假如不是母亲把自己稀粥碗底历历可数的饭粒留给我带饭盒，我恐怕很难完整地读完小学。初中读的是土们岭的九台十三中。顶风冒雪，早出晚归，来回步行二十里。后来"上山下乡"。那期间的一九七二年，马鞍山、马鞍山三队的乡亲们坐在南北大炕上一齐举手推荐我上了大学。从此，我离开只有五户人家的小北沟，在这正对面的已经消失的"上家站"坐上火车，坐去长春，走进动荡年代的吉林大学。

毕业后南下广州。几年后考回母校研究生院，毕业后再次南下广州。十几年后从广州北上青岛。又曾东渡日本，也曾远走新加坡。大半生、大大半生时间里，书剑飘零，浪迹萍踪，见过多少繁华，听过多少弦歌，有过多少欢欣，但都不曾冲淡我的乡愁。家乡的一草一木，一山一水，祖母脸上的皱纹和她从火盆里扒出的烧土豆，母亲日夜操劳的身影和夜半不停的咳嗽声，始终浮现在我的眼前，回响在我的耳畔，颤抖在我的心间。

而今，半个世纪过后的今天，我回来了，终于回来了。遗憾的是，我不是腰缠万贯的商人，不能给家乡带来黄金白银；不是呼风唤雨的企业家，不能给家乡创造就业的机会；也不是交游甚广的退休官员，不能为家乡的建设招商引资、出谋划策。我不过是一介书生。离开马鞍山的当时是个小书呆子，重返马鞍山的现在是个老书呆子。书呆子带给家乡的，只有书，只有我翻译的、我自己写的一百多本书。而这一百多本书，从根上说，也得益于家乡——别怪我重复——没有在马鞍山下形成的最初的修辞自觉、朦胧的审美意识和"诗与远方"的山那边情结，就不会有这一百多本书。

家乡文化局的官员想必看出了这些书和九台，和马鞍山之间这种特殊的关联性，慨然决定在马鞍山设立"林少华书屋"。于是这些书又有了一个新家。前年，二〇一九年，我任教的中国海洋大学在学校图书馆设立了"林少华书房"。相比之下，作为我，更偏爱这间"书屋"。因为这是"娘家"给的书屋，书回到这里，是"回娘家"，我也是"回娘家"——人世间还有比"回娘家"更让人期盼的事情吗？

谢谢诸位今天在这里和我分享这份荣幸、这份幸福和欢欣！谢谢！

2021 年 5 月 29 日

"信达雅"之我见

讲一下我所理解的"信达雅"，顺便讲一下我的所谓翻译观。讲别的另当别论，讲这个我想我还是有那么一点儿资格的，毕竟已经大大小小、厚厚薄薄、花花绿绿至少译了一百本书。如果我坐着而不是站着，差不多可以说译作等身了。同时我也有些犹豫：四十年翻译生涯的宝贵心得，就这么三言两语讲出去，说实话，真有些舍不得。最终让我下定决心的，是因了王小波的一句话，我已经老了，"不把这个秘密说出来，对现在的年轻人是不公道的"。不卖关子了，言归正传。

"译事三难，信达雅。"谁都知道，这是近代启蒙思想家、翻译家严复提出来的，很快成了一百年来世所公认的翻译标准。但严复只是提出来了，而把具体解释权留给了后人。后人们也果真做出了各种各样的解释。

"信、达"比较容易达成共识，难的是"雅"。众说纷纭，质疑也最多。听起来最为理直气壮的质疑是：难道原文是俗的也非译成雅的不可？

无须说，"信"，也有任性、随意的意思：信手拈来、信步前行、信口开河、信口雌黄、信马由缰。这里当然是真实、确实、诚实、忠实，忠实于原文之意，不偏不倚，不即不离，不洋不土，不肥不瘦，不多不少。一言以蔽之，不伪——信哉斯言。"达"呢？达意。孔子说"辞达而已矣"，辞不达意不成。一般理解为通达、畅达、顺达——达哉斯言。"雅"，古人说"辞令就得谓之雅"，大意是说话得体就是雅——雅哉斯言。也不光是说话，诸位知道，穿戴也好，化妆也好，礼节也好，写文章也好，房子装修也好，得体（就得）都是最不容易得的。弄不好就弄巧成拙，走向反面：庸俗、粗俗、恶俗或者显摆、浅薄、浅陋，用东北话说，就是嘚瑟、臭美，穿上龙袍不像太子，扎上孔雀尾巴也照样是黑乌鸦。

在这个意义上，雅乃是一种高层次的审美追求、审美理想，甚至审美的极致，如雅致、雅度、雅量、雅望，又如高雅、优雅、风雅、古雅、典雅等等。简言之，得体是一种艺术，雅是一种艺术，艺术审美、审美艺术。表现在文学翻译上，就是译文的艺术性、文学性，就是原作的文学审美功能的重构和忠实再现。另一方面，我认为"达""雅"，其实也是个"信"的问题，也是"信"

的表现。就侧重面来说，"信"侧重于语义忠实或内容忠实，属于文学翻译的形式层；"达"侧重于行文忠实或文体忠实，属于风格层；"雅"侧重于艺术忠实或美感忠实，属于审美层。其中最重要的就是审美层。法语有句话说"翻译即叛逆"，即使"叛逆"，也要形式层的"叛逆"服从风格层，风格层的"叛逆"服从审美层，而审美层是不可"叛逆"的文学翻译之重。在这个意义上，我的所谓翻译观——万一我也有这宝贝玩意儿的话——可以概括为四个字：审美忠实。与此相关，翻译或可大体分为三种：工匠型翻译、学者型翻译、才子型翻译。工匠型亦步亦趋，貌似"忠实"；学者型中规中矩，刻意求工；才子型惟妙惟肖，意在传神。学者型如朱光潜、季羡林，才子型如丰子恺、王道乾，二者兼具型如傅雷、梁实秋。至于工匠型翻译，时下比比皆是，举不胜举，也不敢举，得罪人不是我的目的。严格说来，那已不是文学翻译，更不是翻译文学。强调一下，文学翻译必须是文学——翻译文学。大凡文学都是艺术——语言艺术，大凡艺术都需要创造性，因此文学翻译也需要创造性。但文学翻译毕竟是翻译而非原创，因此准确说来，文学翻译属于再创造的艺术。说绝对些，没有再创造，就没有审美忠实，就没有文学翻译和翻译文学。

好了，举两个"信达雅"成功的例子一起欣赏一下吧！英文汉译我虽然不太熟悉，但觉得至少王佐良先生译的培根读书名言算是其一："读书足以怡情，足以傅彩，足以长才。其怡情也，最见于独处幽居之时；其傅彩也，最见于高谈阔论之中；其长才也，最见于处世判事之际。"你看，英汉之间，妙而化之，天衣无缝。法国文学汉译，翻译家罗新璋先生最服傅雷。他举傅译《约翰·克利斯朵夫》开头一句为例："Le grondement du fleuve monte derrière la maison"直译应为"大江的轰隆轰隆声，从屋子后面升上来"。而傅雷译成："江声浩荡，自屋后上升。"喏，化人为己，水乳交融。换言之，"信达雅"浑然一体，斐然而成名译。日本文学翻译方面做得最好的，窃以为是丰子恺先生译的《源氏物语》。个别理解或有不足，但在整体审美意韵的捕捉和传达上，可谓鬼斧神工，无迹可求，无人可出其右。

2023 年 1 月 25 日

翻译、翻译匠与"翻译观"
——关于"林译自选集"

　　我搞翻译的年头不算短了，翻译的数量也不算少了，但出"自选集"还是第一次，也就格外想啰唆几句——借写序之名，行啰唆之实。

　　我的本职工作是教书，从一九八二年教到今年二〇二一年，快教四十年了，还没完全教完，是名副其实的教书匠。除了登台摇唇鼓舌，我还喜欢伏案舞文弄墨，何况大学老师不坐班，时间相对自由，故在教书之余搞一点翻译，没搞四十年也差不多了，于是自封为资深翻译匠。古代佛经翻译家鸠摩罗什说翻译是用舌头积累功德，傅雷说翻译是"舌人"——鹦鹉学舌，而学舌久了，难免想来个自鸣得意，于是翻译之余尝试写点什么，姑且算小半个作家。还有，一如不想当将军的士兵不是好士兵，不想当教授的教员未必是好教员，而要当教授，光搞翻译、光写豆腐块散文随笔是不成的，还必须写评论性文章，尤其学术论文，这么着，我又可能是个学者。概而言之，教书、译书、写书、评书，几乎构成了我迄今工作人生的全部内容。与此相应，教书匠、翻译匠、故妄称之的作家和勉为其难的学者，由此成了我的四种身份。

不用说，这四种身份里边，让我有幸获得一点浮世虚名的，是翻译匠——人们有可能不知道我先是暨南大学的教授，后是中国海洋大学的教授，但耳闻目睹之间，大体知道我是搞翻译的某某。我本人最看重的是教书匠，而时人莫之许也。也难怪，当今之世，教授衮衮诸公，作家比比皆是，学者济济一堂，而为民众许之者，确乎为数不多。即使从"史"的角度看，能让我在文学史上勉强捎上一笔的，估计也只能靠翻译匠这个身份——尽管未曾捞得任何官方奖品、奖杯、奖章——因此我必须感谢这个身份，感谢世界上竟然存在翻译这样一种活计，并且感谢夏目漱石、芥川龙之介和村上春树等日本作家提供了这么多优秀的原著文本。还要感谢我们伟大的祖先留下这充满无数神奇可能性的汉字汉语，使我得以附骥远行，人生因此有了另一种诗与远方！

毋庸讳言，混得这四种身份之前的我，只有一种身份：农民。说得好听些，"返乡知青"。一九六五年秋天上初中，一九六六年夏天遭遇政治上的"不可抗力"而中止学业。加之上的是山村小学中学，压根儿没有外语课，"外语"这个词儿都是生词儿。倒是看过苏联小说《钢铁是怎样炼成的》，但以为那是奥斯特洛夫斯基用汉语写成的；倒是在《地道战》《地雷战》等老抗战片里听过"你的八格牙路""你的死啦死啦"什么的，但以为鬼子兵就那样讲半生不熟的中国话。至于"翻译"两个字，哪怕少年的我再浮想联翩，也从未浮现于我的脑海。也就是说，现今四种身份之中，当年离我最遥远的就是翻译、翻译匠。然而我在一九七二年学了外语，后来搞了翻译，再后来成了有些名气的翻译家。个中原委说来话长，且已不具有任何参考价值或现实启示性，恕我来个"一键清空"。这里只说一点，因为这一点在任何时候对任何人都不至于过时，那就是看书。非我事后自吹，即使在"上山下乡"几乎所有人都对书唯恐躲之不及的特殊年月，我也用尽计谋看了不少新旧小说。实在没书可看的时候，就抄字典，就背《汉语成语小辞典》，就整理看书时抄写的一本本漂亮句子。

其实我最应该感谢的，是书，是看书这一状态或行为。这是因为，假如没有书、没有看书这个因素，其他所有条件、所有机遇、所有恩宠最后都是空的，都是得而复失的梦。用毛主席的比喻来说，即便再给合适的温度，一块石头也是孵不出小鸡的。况且，在世间所有因素中，看书在多数情况下是唯一能够自我掌控、自我操作的因素，也是成本最低和最干净的因素。"钢铁是怎样炼成的"就不必说了，若说"翻译是怎样炼成的"，那么就是这样炼成的：看书！说到底，只有看书、大量看书——母语经典也好，外语原著也好——才能形成精准而敏锐的语感，才能瞬间感受和捕捉文学语言微妙的韵味。说简单些，才能有文学细胞、文学悟性、文学才情。而文学翻译所最先需要的，恰恰就是这些，就是语感。我一向认为，文学翻译绝不仅是语义、语汇、语法、语体的对接，而且是、更是语感的对接、审美感受的对接、文学才情的对接，甚至是人文气质的对接、灵魂切片的对接。正是在这个意义上，我曾说"翻译是灵魂间谍"，进而以"审美忠实"四个字概括自己的所谓翻译观。

进一步说来，我倾向于认为，文学翻译必须是文学——翻译文学。大凡文学都是艺术——语言艺术，大凡艺术都需要创造性，因此文学翻译也需要创造性。但文学翻译毕竟是翻译而非原创，因此准确说来，文学翻译属于再创造的艺术。以严复的"信达雅"言之，"信"侧重于内容（内容忠实或语义忠实），"达"侧重于行文（行文忠实或文体忠实），"雅"侧重于艺术境界（艺术忠实或审美忠实）。"信、达"需要知性判断，"雅"则更需要美学判断。美学判断要求译者具有审美能力，以至艺术悟性、文学悟性。但不可否认，这方面并非每个译者都具有相应的能力和悟性。与此相关，翻译或可大体分为三种：工匠型翻译、学者型翻译、才子型翻译。工匠型亦步亦趋，貌似"忠实"；学者型中规中矩，刻意求工；才子型惟妙惟肖，意在传神。学者型如朱光潜、季羡林，才子型如丰子恺、王道乾，二者兼具型如傅雷、梁实秋。就文学翻译中的形式层（语言表象）、风格层（文体）和审美层（品格）这三个层面来说，最重要的就是审美层。即使"叛逆"，也要形式层的"叛逆"服从风格层，风格层的"叛逆"服从审美层，而审美层是不可"叛逆"的文学翻译之重。在这个意义上——恕我重复——我的翻译观可以浓缩为四个字：审美忠实。

令人担忧的是，审美追求、审美视角的阙如恰恰是近年来不少文学翻译实践和文学翻译批评中一个常见的现象。关于文学翻译理论（译学）的研究甚至学科建设的论证也越来越脱离翻译本体，成为趾高气扬独立行走的泛学科研究。不少翻译研究者和翻译课教师，一方面热衷于用各种高深莫测的西方翻译理论术语著书立说、攻城略地，一方面对作为服务对象的本应精耕细作的翻译园地不屑一顾，荒废了赖以安身立命的学科家园。批评者也大多计较一词一句的正误得失，而忽略语言风格和整体审美效果的传达。借用许渊冲批评西方语言学派翻译理论的说法，他们最大的问题是："不谈美。下焉者只谈'形似'，上焉者也只谈'意似'，却不谈'神似'，不谈'创造性'。"而若不谈神似，不谈创造性，不谈美的创造，那么文学翻译还能成其为文学翻译吗？

"审美忠实"当然不是我首创。无论傅雷的"神似"说、朱生豪的"神韵"说，还是茅盾的"意境"说、钱锺书的"化境"说，虽然众说纷纭，但说的都是同一回事。另一方面，无论哪一种"说"，抑或不管多么强调"审美忠实"，也都要通过行文方式、通过文体表现出来。村上春树就特别看重文体，断言文体就是一切。他说："我大体作为作家写了近四十年小说。可是若说我迄今干了什么，那就是修炼文体，几乎仅此而已。""我想用节奏好的文体创造抵达人的心灵的作品，这是我的志向。"别怪我不放过再次自我显摆的机会，读拙译村上，想必任何读者都不难感受到村上文体的别具一格：作为日本人，他不同于任何一位本土同行；深受美国文学影响，却又有别于美国作家；就中译本而言，纵使译法再"归化"，一般也不至于被视为中文原创。若说我这个翻译匠迄今干了什么，同样是修炼文体，"几乎仅此而已"。

这本"林译自选集"选的六篇，作为选的理由，主要考虑的就是其文体上的特点：德富芦花的《自然与人生》，文体华丽浪漫；国木田独步的《少年的悲哀》，文体秀雅婉约；今日出海的《天皇的帽子》，庄重而诙谐幽默；夏目漱石的《草枕》，工致而收放自如；芥川龙之介的《地狱变》，负重若轻、一气流注；谷崎润一郎的《春琴抄》，幽邃诡异、寒气逼人。

就时间来说，前三篇是我的早期译作，译于上个世纪八十年代，人在广州；《地狱变》译于九十年代，乃中期译作，人在日本；后两篇则是近作，《春琴抄》译于二〇一七年，《草枕》刚刚杀青，人在青岛。从中或可窥见我的译笔歪歪扭扭的行踪，或一个翻译匠一路踉踉跄跄的脚步。是的，翻译之初，我还年轻气盛，也曾试手补天，而今独对夕阳，唯问尚能饭否。光阴似箭，倏尔四十年矣。其间风雨寒温，阳晴霜雪，动静炎凉，一言难尽。唯一让我欣慰的，是积攒了这么多文字，并且有那么多喜欢这些文字的读者。"舌人"之幸，书生之乐，莫过于此。

2021 年 1 月 23 日

关于文学翻译和外语学习的两个误解

　　或许山东是孔孟故乡之故，山东大学向以"文史哲"睥睨于世。喏，前不久召开翻译研讨会，但不是泛泛谈翻译——那类研讨会可谓俯拾皆是——而专门冠以"文学"二字：日本文学翻译研讨会。原打算在老校区汇聚一堂，奈何仍是特殊时期，遂改为线上召开。我呢，大庭广众之下摇唇鼓舌倒不怎么怯阵，而面对虚拟空间耍枪弄棍，着实上不来感觉，故而能躲就躲，能推就推。但这次没能躲掉推掉。你想，曾经的文化部副部长这样的大人物都披挂上阵，我这个连副科长都没当过的小角色怎好临阵逃脱？于是久违地搬出电脑手忙脚乱鼓捣一番，换一身像样些的衣装正襟危坐，对着荧屏上的自己"对讲"一番。但毕竟是在会上，不敢过于口无遮拦。何况最重要的信息大多是会下小声传递的，那么就请让我在此说两句悄悄话。

斗胆说两个误解：对于文学翻译的误解、对于外语学习的误解。我是年老的翻译匠，又好歹是外语教授，这事从我口中说出，应该有些许说服力。先说第一个，对于文学翻译的误解。自不待言，翻译有若干种：科技翻译、社科翻译、新闻翻译、商务翻译、旅游翻译和文学翻译等等。从语言角度来说，毫无疑问，文学翻译是最难的。因为文学翻译要译的是文学，而文学语言是语言的最高层次。最高层次是什么层次？艺术层次、审美层次。好比盖房子，不管盖多少层，文学都是最高一层——"封顶"了，再往上就是云天了。亦即，文学乃是最接近云天信息的艺术形式。村上春树强调作家需有"巫女才能"，缘由就在于此。在这个意义上，搞文学是需要悟性的——文学悟性。从事文学翻译，是不是同样需要"巫女才能"我不敢说，但需要一定的文学悟性这点基本可以断定。

对于文学翻译的基本误解恰恰也在这里。说来也真是奇怪，世界上好像没有人认为会母语的人都可以搞文学创作——都能写诗写小说写散文。相比之下，却有不少人认为只要会外语即可搞文学翻译。这纯属误解。请这样问问自己好了：我会的是日常性母语还是文学性母语？我会的是日常性外语还是文学性外语？对于多数人来说，二者之间的距离，恐怕不亚于从松花江到澜沧江、从长白山到武夷山。甭说别人，纵然我等教授衮衮诸公，能用母语写一手好文章的又有几多？其中外语教授就更"悲催"了，漫说妙笔生花的好文章，甚至写一般性文章，有人都写得松松垮垮。正如同是外语教授的余光中所言："不幸中文和中国文学的修养，正是外文系学生普遍的弱点。"既然不能用母语写一手好文章，那么能译好一首诗、一篇小说岂非笑谈？说到底——以前我也说过——翻译是母语的一种特殊写作。

进一步说来，就算很有文学修养，就算文学性汉语和文学性外语的功底都很不错，那也未必就能搞好文学翻译。事实也是如此。我就知道有人双语造诣都甚是了得，而其译作却干巴巴、蔫巴巴、皱巴巴、没滋没味。是的，每个词每个句子可能无比"正确"，"主谓宾定状补"语法也无懈可击，但作为文学译本神采全无。无他，盖因译者缺少文学悟性。悟性或灵性这个东西，在所有翻译要素中或许只占百分之一，而这百分之一却有点豆成兵的魔法，使得所有字眼在纸页上活色生香。好比做豆腐，有这一点点卤水，豆浆就会很快聚敛成形，化为白嫩嫩、平整整的豆腐块儿；而若没有，豆浆就永远是一锅液体。当然如果你说俺就喜欢豆浆不喜欢豆腐，自是豆浆之幸。

说回豆腐。所以恕我直言，要想从事文学翻译，首先要确认自己有没有这百分之一甚或百分之零点一的文学卤水。自不待言，每个人都有局限性又都有天赋。你可能是个商务文件、外交文件或商务、外交谈判桌子上临阵有余的翻译高手，但未必能胜任文学翻译。而若勉为其难，结果不是"正确的误译"，就是"无条件的精确"。或如弹钢琴，技术炉火纯青，却偏偏击不中灵魂穴位，因而不具有摇颤人的灵魂的力量。唯其如此，翻译硕士专业学位（MTI）教育，一般都不把重心放在文学翻译的训练上面。极端说来，那东西不是培养和教育出来的——能否成为文学翻译家，关键不在勤惰，而在颖悟，不在知性，而在悟性。文学有什么用？一个作用就是培养直指人心的感悟能力，培养悟性。理所当然，包括文学翻译在内，搞文学的人自己首先要有这样的能力或悟性。说白了，得有文学细胞。

下面谈第二个误解，对于外语学习的误解。很多家长都认为外语学习越早越好，最好从娃娃抓起。而我这个外语出身又教外语的人，对此一向持怀疑态度。觉得较之外语，培养母语的语感更是优先事项。而语感，其实就是对于语言的悟性、"悟"的能力。山西作家韩石山一次给中学生做讲座的时候说中国的旧式教育并非一无是处，比如死记硬背古文古诗打下的"童子功"，就对培养悟性很有作用。让我说得玄乎些，母语、母语学习过程中形成的语感、悟性，乃是我们接收云天信息、宇宙隐秘信息的"天线"，是贯通天人之际的"隧道"。问题是母语语感、语言悟性的幼芽是十分敏感而脆弱的，一旦错过娃娃阶段这个最佳萌芽期，可能一辈子再无机会。而这，小而言之，影响语言悟性、审美悟性；大而言之，影响人的幸福感——沦为"巴山夜雨""晓风残月"的弃儿亦未可知。说到底，学外语的目的也无非是为了扩充幸福感，倘若丢了这部分本应属于你的语言审美愉悦带来的心灵幸福感，那值得吗？

当然，如果你有独特的语言天赋，过目成诵，过耳不忘，学起来如鱼得水，乐在其中，彼此兼顾，两全其美，自是另当别论。或者假如现代医学能使每个人至少活到一百八十岁，那也不妨一试，毕竟时间绰绰有余，今天不行还有明天，今年不行还有明年，总能学出名堂。而像现在这样六岁要上小学，十二岁要上中学，十八岁要上大学，一路中考、高考以至国考尾随穷追不舍，那就要算时间账、成本账、效益账，分出轻重缓急，把高耗低效的外语姑且排在次要位置，而把关乎悟性、关乎审美、关乎心灵幸福的母语语感首先打磨锋利为好。

事实上，堪称文体家的一代文学大家如鲁迅、钱锺书、郭沫若、季羡林、傅雷、梁实秋、林语堂、张爱玲、余光中和木心，几乎都是自幼熟读经史，长成习得外语的。故而国学西学熔于一炉，母语外语相得益彰，每每集作家、翻译家、学问家、教育家于一身。纵使钱学森、钱三强、钱伟长、邓稼先、竺可桢、王淦昌、华罗庚、陈景润、李四光、袁隆平等据说离不开英语科技文献的科学家，也未必是英语从娃娃抓起的战果。不信请找出一位来！

2022 年 3 月 14 日

文学翻译：语感与美感之间

　　金秋十月，"村上春树文学多维解读"学术研讨会在画桥烟柳、桂花飘香的杭州，在历史悠久的杭州师范大学召开。回想起来，二〇一四年大连外国语大学举办过莫言与村上比较文学研讨会，但作为村上文学专题研讨会，自一九八九年村上文学以《挪威的森林》中译本为先导出现在中国大陆以来，这是第一次。作为我，除了在大会上做主旨报告，还有幸在闭幕式上获得了致辞的机会。之所以有此幸运，一个不大不小的原因想必在于，无论村上文学的翻译还是其研究，我都算是拓荒者、先行者。一般说来，人们总是对先行拓荒者习惯性怀有敬意，从而给予特殊关照，纵使那个人未必多么劳苦功高。

　　严格说来，我是中国大陆有效译介村上文学的第一人。上个世纪的一九八九年，在广州暨南大学任教的我——也巧，年龄正是《挪威的森林》开篇第一句所说的"三十七岁"——翻译了《挪威的森林》。星移斗转，月落日出，尔来三十有二年矣。翻译之初，三十七岁的我身上还多少带有青春余温，大体满面红光、满头乌发、满怀豪情，而今，已然年过六十九岁的我，残阳古道，瘦马西风，"不知明镜里，何处得秋霜"。抚今追昔，请允许我再次引用《挪威的森林》里的话："我想起自己在过去的人生旅途中失却的许多东西——蹉跎的岁月，死去或离去的人们，无可追回的懊悔。"是的，无可追回的懊悔，懊悔无可追回。夜半更深，冷雨敲窗，倏然间老泪纵横虽不至于，但的确不止一两次咬着被角发出长长的叹息，每每"悲哀得难以自禁"。得，又是《挪威的森林》里的话。

不过，令人欣慰的事也至少有一桩，那就是我的翻译——人们未必晓得我先后是暨南大学的教授、中国海洋大学的教授，但基本知道我是个翻译匠。迄今为止，厚厚薄薄大大小小加起来，我翻译的书起码有一百本了。翻译过的作家有夏目漱石、芥川龙之介、谷崎润一郎、小林多喜二、太宰治、三岛由纪夫、川端康成、井上靖，和渡边淳一、片山恭一等十几位。以作品言之，《我是猫》《罗生门》《金阁寺》《雪国》和《在世界中心呼唤爱》《失乐园》分外受到认可与好评。当然最有影响的是村上作品系列，包括《挪威的森林》《海边的卡夫卡》《奇鸟行状录》和《刺杀骑士团长》在内，独立翻译的有四十三本，与人合译的有两本。这四十几本沪版村上作品，截至二〇二〇年十二月底，总发行量超过1370万册。读者人数则远远大于1370万。也就是说，我这支自来水笔涂抹出来的译文，已经摇颤过几千万读者的心弦。用一位读者的话说，如静夜纯美的月光抚慰自己孤独的心灵，像小河虾纤细的触角刺破自己的泪腺，又像远方炊烟袅袅的小木屋引领自己走出青春的荒原，或者像一片长满三叶草的山坡让自己抱着小熊在上面玩了一整天……

金庸三年前去世时，有人说有华人的地方就有金庸。而事关村上，不妨说有年轻人的地方就有村上。村上何以这么火呢？据村上自己总结，一是因为故事有趣，二是因为文体具有"普世性渗透力"，文体（style），这里主要指笔调、笔触，即文章总体语言风格。"普世性渗透力"，用村上在另一场合的说法，大约就是语言"抵达人的心灵"（人の心に届く）的力量。从翻译角度来看，故事这东西，谁翻译都差不太多。差得多的是文体，是语言。记得木心说过："白话文要写得好，必须精通文言。看外国译本要挑译者，译本不佳，神采全无。"神采全无！也就是说，译本既可以使原著顾盼生辉、光彩照人，又可能使其灰头土脸、黯然失色。就村上作品而言，哪怕其文体再有"普世性渗透力"，而若翻译得不到位，那也很难渗透到人的心底，甚至成为水面浮油亦未可知。说严重些，翻译既可以成全一部原作，也可以毁掉一部原作。

开头说的杭州会议，也是因为与会者有不少年轻人，我就倚老卖老，在最后致辞时免去万无一失的常规性套话，而就文学翻译直言不讳。我说自己多少留意过包括年轻老师在内的年轻译者的翻译，而让我欢欣鼓舞的译作实在为数不多。盖因不是从语感、语境到翻译，而是从语义、语法到翻译。也就是从辞典到翻译。打个比方，人家村上在地下室里屏息敛气摸黑鼓鼓捣捣，你却在二楼灯光明亮的标准间里翻译辞典查"百度"，自然不解"普世性渗透力"，不解堂奥之妙，而不解堂奥之妙，文学和文学翻译就无从谈起。换个说法，纯文学作品的翻译，不是翻译字面意思，而是翻译字背后的信息，翻译文体渗透力足可力透纸背的信息——那就是文学特有的文字审美愉悦感、美感！

那么美感从何而来呢？来自语感。语感则来自原著文本的大量阅读。大量阅读当中记得的语汇和句式，应该说一开始就疏离了辞典干巴巴的标准释义，而带有各种语境赋予的鲜活的感性因素，比如温度、气味、氛围，比如节奏、律动、喘息。挪用木心的说法，好比把鱼放在水中而不是摆在桌面上观察。又好比水草——木心用来比喻《红楼梦》中的诗——"取出水，即不好。放在水中，好看"。而若"放在水中"即放在语境中，就会不期然间感受到语汇的种种外延性、引申性指涉，及其微妙意韵，原作文体或整体语言风格也随之心领神会。这样，翻译时就省去了不少冥思苦索的理性解析时间，"蓦然回首，那人却在灯火阑珊处"。总的说来，相对于故事，村上更看重文体。他说"文体就是一切"，而故事会"不请自来"。那么对于译者呢？不妨说，语感就是一切。有了语感才能译出美感，译出文体中的审美感受。

最后举个例子吧。二〇一七年我翻译了村上的大长篇《刺杀骑士团长》。大家可能知道可能不知道，这部小说是上海译文出版社花了堪称天价的版权费——那可不止一掷千金——买来的。如果仅仅买来一个有趣的故事，那肯定是不值得的。中国会编故事的人多了，莫言编故事的能力就不在村上之下。而若买来的是一种独特的语言风格，一种具有"普世性渗透力"的文体，那么就会给中国读者带来一种异质性审美体验，进而拓展中国文学语言表达的潜能和边界，同时带给中日两国文学和文艺审美交流以新的可能性。果真如此，那么版权费无论天价还是地价都有其价值。

而这种价值的体现，无须遮遮掩掩，从根本上说取决于翻译：一般翻译转述内容或故事，非一般翻译重构语言美感、文体美感。这也是文学翻译的旨趣、妙趣和乐趣所在。否则，搞翻译岂非自找麻烦、自讨无趣？

2021 年 12 月 14 日

日汉翻译的尴尬

一次读书会上，有读者问起翻译的难度。我说因为语种不同，难度是不是有这么两个。一个出现在汉语和英语等西方语言之间。汉英翻译是表意文字和表音文字的转换，三百六十度，没有折中，没有妥协，利利索索，干干净净，难度之大，可想而知。但说爽也够爽的；而汉语与日语之间的转换——这里出现的是另一个难度——由于日语有大量汉语词汇，就没有那么决绝和爽快了，不是三百六十度，而是二百六十度？一百八十度？总之拖泥带水，藕断丝连。这方面我比较认同周作人的说法——他说假如日语中没有来自汉语的词汇，可能更好翻译。这是因为，那些词与中国原典相比，有一部分存在微妙差异，翻译当中一不小心就会"入坑"，以致译文往往给人以不伦不类的乖离感。这大概也是总体

上汉译日本文学比不上汉译西方文学的一个原因，可谓先天不足。例如书名『人間失格』（にんげんしっかく）、『潮騒』（しおさい）的汉译，照抄有失其意，似是而非；意译则有违其形，似非而是，都不讨好。英汉翻译就不存在这种尴尬。

再如普通单词。「草原」（そうげん），稍不留神，就可能照抄"草原"二字，我翻译《挪威的森林》的时候最初也照抄不误，后来结合下文"片片山坡"和"杂木林"等描写判断，才改为"草地"："即使经历过十八度春秋的今天，我仍可记起那片草地的风景。"另如「水色」（みずいろ）应译为"浅蓝色"，「茶色」（ちゃいろ）应译为"茶色、褐色"，「青い」（あおい），除了"青色、蓝色"，还有"幼稚、不成熟"之意。河南师大刘德润教授曾以山口百惠自传『蒼い時』为例说明"入坑"的尴尬——既有译法为《苍茫时分》，但考虑到山口百惠二十一岁即结婚息影，应译为《青葱岁月》才对。再如「愛情」（あいじょう）这个常用词，较之照抄"爱情"，更多时候应译为"爱、爱心、温情"。如此不一而足，无不都同原典、同我们使用的中国语境中的汉语含义不尽相同。

另一方面，作为生于长于汉字汉语发祥地的中国人、作为汉语译者，在体味日文中的汉语词汇方面又有舍我其谁的先天性优势。比较研究过英译日本短篇小说的村上春树就说问题在于，"英文没有汉字营造的'情韵'（気分）。而且，文体（ぶんたい）微妙的特性所带来的不可思议的涩味（コリコリさ）也已消失"，"这也是没有办法的事"。（《终究悲哀的外国语·再见了普林斯顿》）同时他也强调所有语言都是等价的："世间很多人强调同外国语相比日语多么优美多么得天独厚，但我认为那是不对的。之所以日语在我们眼里显得漂亮，是因为它是从我们的生活中挤压出来的语言，是我们不可或缺的不言而喻的一部分，并非因为日语这个语种的特质本身出类拔萃。我始终不渝的信念是：所有语言基本都是等价的。而且，若无这一认识，文化的正当交换也就无从谈起。"让我接着补充一句，翻译也就无从谈起。

不过木心倒是这样说过："世界文化的传统中，汉语是最微妙的，汉语可以写出最好的艺术品来。"这点从刚才村上所说的"汉字营造的情韵""文体微妙的特性"也可得到印证。我也认为汉字汉语是最微妙的。在根本上，可能也是因为中国人的情感是分外微妙的。随便举几个表达夫妻感情的例子。"忽见陌头杨柳色，悔教夫婿觅封侯""一行书信千行泪，寒到君边衣到无""可怜无定河边骨，犹是深闺梦里人"，表达妻子对远方戍边丈夫的思念；"伤心桥下春波绿，曾是惊鸿照影来""空床卧听南窗雨，谁复挑灯夜补衣"，表达丈夫对曾经的妻子或亡妻的怀念。这是何等微妙感人的心思和情感！很难想象翻译成英语会是一个什么样子。作为翻译观点，许渊冲先生生前强调翻译不妨同外语比赛的所谓汉语优势论，每每被人拿来冷嘲热讽，其实并非浅薄的无稽之谈。二三十年前我在日本任教期间，一位教中文的日本同事比较我的翻译（汉译）和他自己的翻译（日译）之后，神色凄然地对我说："把日语翻译成汉语要容易些，因为汉语词汇量大。反过来就难了。"他和夫人翻译张爱玲，一次问我张爱玲小说中一再出现的"惆怅""怅然""怅惘"怎么译才好。我想了想，回答恐怕只好用「さびしい」来翻译。据我所知，日语中好像没有分别和"惆怅""怅然""怅惘"完全对应的词汇。英语呢？怕也不容易找到吧。

因此，西方翻译理论倡导的"等效论""等值论"，在西方语言之间也许可以实现，但在西方语言和汉语、日语之间，那就要打折扣。说到底，翻译，尤其文学翻译追求的无非是最大近似值、最佳模拟效果。很多时候不是过一点点就是差一点点，完全等同是不可能的，绝无可能。同属东方语言的日汉、汉日之间也不例外——比如前面说的日语「人間失格」和汉语"人间失格"是一回事吗？外表一模一样，内里差大了！

或许你要问，那么该如何理解上面村上所说"所有语言基本都是等价的"呢？容我打个比方。好比人，在人格上，任何人都是平等的，任何生命都是等价的，毫无疑问，"黑人的命也是命"。问题是人格平等、生命等价未必意味着现实处境中待遇的平均、同样、均等。拜登出行要坐总统专机"空军一号"，前呼后拥；一般人坐普通舱就不错了，也没什么人呼你拥你，顶多有播音员提醒你贵重物品自己保管好。语言也是如此，格是平等的，但内涵不一样。这一是因为历史长短不一样，二是因为使用该语言的人数不一样。英语历史有多长？一千四五百年。汉语至少加上一倍。而且汉语是早熟的语言——恕我再次挪用木心就中国陶瓷艺术说的话——"一上来就看透，一上来就成熟"，一上来就"独步世界"。以语言使用主体而言，使用英语的人数在殖民时期之前远远没有汉民族多，即使现在也没有吧！因此，汉语同其他语种相比，语义语感微妙些、语汇句法丰富些、感染力表现力强些是理所当然的，理应如此。在这个意义上，汉译不到位，责任肯定不在汉语本身，而在使用汉语的人。既然木心说"汉语可以写出最好的艺术品来"，那么也应该可以译出最好的艺术品来。如果没译出来，那肯定是你、是我们自己的事。努力吧，别无退路！

最后我想啰唆的是，翻译首先是一种阅读，而且是精读，也就是直接面对、直接进入外语文本。看译本，看人家翻译过来的，哪怕翻译得再好，那也是看纪录片，看视频，看直播；而亲自动手搞翻译，则是看风景本身——身临其境，切切实实感受那里花的芬芳、草的清香、风的清柔、土的松软。也就是说，你不是旁观者，而是在场者，不是在"线上"，而是在"线下"。是的，任何语言都是一个世界，都是一个世界观。你懂一门外语，就比不懂的人多了一个世界，多了一个世界观。而搞翻译，就不单单多了一个世界，甚至可能测量了一个世界；不仅仅多了一个世界观，甚至可能审视和整合了一个世界观。

2022 年 3 月 22 日

"不要比你能忍的咳得更多"

　　我是个翻译匠，要搞翻译，又是个教书匠，要教翻译。所以免不了看关于翻译的书。但看这种书居然笑得肚子疼，有生以来还是头一次。准确说来，是头两次。

　　一次是看余光中的《翻译乃大道》，有一篇谈他当年在加州大学讲授中国文学时用的课本《中国文学选集》中《前赤壁赋》英译的"大错"："余音袅袅，不绝如缕，舞幽壑之潜蛟，泣孤舟之嫠妇"，最后一句被译为"一位寡妇在我们的孤舟上哭了起来"（a widow wept in our lonely boat），哭得我大笑起来。余氏评曰："试想苏子与客泛舟，带一位寡妇干什么？几个男人和一位寡妇'相与枕藉乎舟中'，在北宋时代可能吗？"

　　另一次也是看余光中的书。在《听听那冷雨》这本书中，余氏认为"精确"固然是翻译的一大美德，不过若以牺牲"通顺"为代价，代价就太大了。如下面这句英文"Don't cough more than you can help"，要保持"精确"，势必译成"不要比你能忍的咳得更多"，甚至"不要咳得多于你能不咳的"。可是这像话吗？其实，"能不咳，就不咳"，足矣足矣。

无须说，前者是中文理解上的错误，英文本身没问题；后者则相反，理解没问题，问题出在表达——不像话，不像中文了。貌似"精确"，实则不伦不类，有话不好好说。余氏为之困扰的，更是后者。的确，理解错了，改过来就是。而若通篇有话不好好说，就成了语体、文体上的毛病，改起来活活要命。这玩意儿我也改过，自然深有同感。

更让我有同感的是，作为外文出身且身为外文教授，余氏却很少谈论外文多么重要，而是"胳膊肘向外扭"，总是强调中文何其了得。《听听那冷雨》中有一篇题为《外文系这一行》的文章，其中写道："文学批评如果是写给本国人看的，评者的中文，不能文采斐然，至少也应该条理清畅。至于翻译，那就更需要高水平的中文程度了。不幸中文和中国文学的修养，正是外文系学生普遍的弱点。我国批评文体的生硬和翻释文体的别扭，可以说大半起因于外文这一行的食洋不化和中文不济。"与此相关，余氏还为翻译和创作在外文系、中文系不算成果而鸣不平："中文系如果拥有一位李白或曹霑，岂不比拥有一位许慎或钟嵘更能激发学生的热情？"关于外文系，余氏表示："如果玄奘、鸠摩罗什、圣吉洛姆、马丁·路德等译家来求教授之职，我会毫不考虑地优先录用，而把可疑的二流学者压在后面。"

余光中这话是二十多年前他当台大外文系主任时说的。今天呢？怕也依然如故。在绝大多数系主任以至校长眼中，李白的"床前明月光"能比得上许慎的《说文解字》吗？那可是文字学的开山之作啊！曹雪芹（曹霑）的《红楼梦》能比得上钟嵘的《诗品》吗？那可是填补学术空白的诗论专著！至于躲进大雁塔闷头搞佛经翻译的玄奘，当教授更是比西天取经还难。即使同搞翻译，"不要比你能忍的咳得更多"这种所谓学者型翻译，也肯定比土里土气的"能不咳，就不咳"更入校方法眼。

影响所及，堂堂高等学府，不仅没了李太白的斗酒诗百篇，甚至刘姥姥自然而然的幽默感也没了。以致十个教授有八个不会写文章——"中文不济"。而"中文不济"造成译文"不济"，"不济"的译文又反过来导致原创中文"畸形欧化"。"畸形欧化"的文体对电视报纸等大众媒体的影响尤其显而易见。余光中举例说"进行"几乎成了万能动词："我们对国际贸易问题已经进行了研究／心理学家在老鼠的身上进行试验。"余氏质问，为什么就不能说"详加研究"和"用老鼠来做试验"？

无独有偶，日前用智能手机看《每日经济新闻》官方账号上面的一则报道，谓"近日中国C9高校校长专程到华为进行了参观拜访，任正非进行了热情接待"。同样，为什么就不能说"到华为参观访问（拜访亦欠妥）/任正非热情接待"？余氏当年感叹："这种不中不西不今不古的译文体，如果不能及时遏止，总有一天会喧宾夺主，到那时，中国的文坛恐怕就没有一寸净土了。"危言耸听？不！余氏如此感叹的当年还没有网络，没有手机。而现在，网络文体、手机文体正在大行其道，大耍威风，大举进攻。说痛快些，中国人好像越来越不会说中国话了。谢天谢地，眼下还没听到有人说"不要比你能忍的咳得更多"……

2020 年 12 月 9 日

翻译村上和翻译《失乐园》

　　岁月不居，时节如流。二〇一七年即将过去，过得太快了。但再快也总会给我们留下什么。留给别人的我不晓得，留给我的，至少两个：一是寒假前后翻译的渡边淳一《失乐园》，二是暑假期间翻译的村上新长篇《刺杀骑士团长》。这么着，在演讲会或读书会上就有人问我翻译渡边和翻译村上有何区别。

　　有何区别呢？至少速度有别。村上能译出速度，渡边译不出速度。用火车打比方，译村上仿佛乘坐京沪高铁，风驰电掣，天旋地转，何止朝发夕至；而翻译渡边，则像坐往日的绿皮火车，吭哧吭哧，咣啷咣啷，每站必停，每停必久，还要中途换车，跑上跑下，苦不堪言。也许你说：两人写的不都是日语吗？可我要说，日语和日语差大了。不是差在难易，而是差在文体，或说话的调调。村上文体，也许因为村上本人英语好并且译了许多美国当代文学作品，他笔下的日语多少带有翻译腔、洋腔，或者说是陌生化、异质性文体也未尝不可；而渡边淳一的文体，则属于地地道道的日本传统文学语言，或者说更为"土著"，更有本土性，同川端康成不无相似。而在翻译实践当中，越是本土的、传统的，越是让人纠结。说夸张些，翻译村上，但觉笔底生风，一路快感；翻译渡边，则明显是涩感——笔尖在稿纸上犹犹豫豫、左右为难，让人感叹日语果然是"黏着语"，死活黏着笔尖不放。即使因为这个，或许我也应该弃笔从键，改用电脑键盘敲击才是。

还有，性描写也够伤脑筋。作者渡边淳一到底是医学博士和医生出身，对于医生来说，裸露的也罢，隐秘的也罢，任何部位都是理应一视同仁的身体器官，所谓羞赧、腼腆、难为情、不好意思之类大约是不存在的。而对于我这个文学硕士出身的教书匠，有的部位则是云情雨意欲说还休的另一世界。加之就文化传统来说，日本向来是"好色一代男"的乐土，而中国自古强调"万恶淫为首""男女授受不亲"。这种文化落差也使得我的笔锋无法长驱直进，每每在"信"与"雅"的中间地带徘徊不前。

不错，村上也写性。动笔写《挪威的森林》之际，他发誓要来个"反羞赧"，要放开手脚地写性，以致"性场面一个接一个出现"。但是，哪怕再"一个接一个"，而若同《失乐园》相比，那也绝对相形见绌，好比"马小跳"面对大相扑，好比自家房前屋后一亩三分地比之一眼望不到头的北大荒。何况性的性质也不一样。渡边写性，主要是婚外性，即所谓"金屋藏娇"或"红杏出墙"。村上写性，大多写婚前性。中译本的《刺杀骑士团长》倒是写了婚外性，如男主人公"我"的妻子和别的男人上床达半年之久，但具体如何上床则只字未提。"我"和有夫之妇的床上戏诚然写得较为具体，但那是在妻子提出离婚而"我"离家出走之后，不存在道德上的过失。而且在女方暗示或明示分手之时，"我"绝不死乞白赖、死缠活磨，颇有"发乎情，止乎礼义"的君子风度。因而翻译起来没有多少"违和感"或心理障碍，译速并不减慢，依然斩关夺隘，风逐浪起。总的说来，包括性关系在内，村上不喜欢写黏黏糊糊、湿湿漉漉的人际关系。我也不喜欢。翻译这东西，对心思、合脾性很重要，也才能译出速度、译出文采。

不过，也有人认为我适合翻译渡边淳一。谁呢？说来难以置信，渡边淳一的二女儿渡边直子——当然同《挪威的森林》中的渡边和直子了不相干。二○一七年十一月四日，我同作者渡边先生的三个女儿在青岛书城签售刚刚出版的拙译《失乐园》，签售前举行新书发布会。会上渡边直子代表渡边家人发言，在介绍完她父亲写《失乐园》的起因之后，补充说她父亲生前一直希望有个颇为阳刚的男性或者"花花公子"来译《失乐园》，因为男性译者的感受和表达有别于女性译者。"花花公子"话音刚落，会场哄堂大笑，我也只好咧嘴跟着傻笑。虽然直子女士说的男性应是泛指，但毕竟坐在她旁边的译者只我这么一个男性。

不过说实话，实际翻译这本书的我，在翻译过程中是笑不出来的。自始至终，从未笑过、乐过，一如《失乐园》其名。

2017 年 12 月 24 日

我译《刺杀骑士团长》

别怪我老是显摆自吹，我这辈子大约混出了四种身份：教书匠、翻译匠、未必像样的学者、未必不像样的作家。无须说，其中翻译匠的名声大，影响也好像不小。译的书，大大小小、厚厚薄薄、花花绿绿加起来有八十本了，至少一半是村上的，四十二本。于是有网友戏称拙译为"林家铺子"，我也每每因此乐不可支。

不过，乐不起来的时候也是有的。至少自二〇〇八年以来，村上新作接连与"林家铺子"无缘。打个有失斯文的比方，就好像自己正闷头吃得津津有味的一碗"味千拉面"忽然被人一把端走，致使我目瞪口呆地面对空荡荡的桌面，手中的筷子不知就那么举着好还是放下好，嘴巴不知就那么张着好还是姑且闭上好。这倒也罢了，还要不得不在饥肠辘辘当中忍受种种冷嘲热讽。而今，这碗"味千拉面"又被上海译文出版社重新端回摆在了我的面前！说得夸张些，十年所有的日子仿佛就是为了等候这一时刻。

这碗"味千拉面"，就是村上最新大长篇《刺杀骑士团长》。去年五月四日，上海译文出版社吴洪副社长从上海特意飞来青岛，当面告知译文社以势在必得的雄心一路斩关夺隘，终于以"天价"险获《刺杀骑士团长》大陆版权。当然更关键的是决定请我翻译。"暌违十载，'译文'东山再起，林译重出江湖"——吴洪兄似乎连广告词都拟了出来。正中下怀，正是我十几年来朝思暮想梦寐以求的场景。说起来，我这人也没有别的本事，既不能从政经世济民、治国安邦，又不能从军带甲百万、醉卧沙场，更不能从商腰缠万贯、造福一方，只能在摇唇鼓舌当教书匠之余玩弄咬文嚼字这个雕虫小技。表现在翻译上，恰好碰上了村上春树这个文字风格相近或者说文字投缘的日本作家。这在结果上——休怪我总是自吹自擂——有可能不仅是"林家铺子"一家之幸，而且是读者之幸、村上文学之幸以至文学翻译事业之幸。或谓百花齐放有什么不好，但这只是事情的一个方面。而另一方面，就文学翻译而言，有时则未必好到哪里去。这是因为，文学译作是作者之作和译者之译一见钟情或两情相悦的产物。按余光中的说法，"翻译如婚姻，是一种相互妥协的艺术"。大千世界，茫茫人海，一个译者遇上正合脾性的作者，或一个作者遇上正合脾性的译者，未尝不可以说是天作之合。这种概率，借用村上式比喻，堪比百分之百的男孩碰上百分之百的女孩，实乃偶然中的偶然。

说来可能令人啼笑皆非，人家村上是地地道道的城里人，写的也都是城里人、城市题材，这部《刺杀骑士团长》更是。而我是道道地地的乡下人，进了城也总是迫不及待地返回乡下。这部《刺杀骑士团长》的绝大部分就是我去年夏天七月初回乡，躲进村头一座农家院落"闭关"翻译的，而且有不少是我趴在土炕的矮脚桌上翻译的。诸位城里人可能有所不知，东北昔日乡民的人生最高理想是：两亩地一头牛，老婆孩子热炕头。如今，孩子进城或上学或务工或嫁人，横竖不回来了。老婆进城看孩子的孩子也不回来了。作为一家之主的老农只好把牛卖给麦当劳，把地"流转"给吃不惯麦当劳的远房亲戚，也随后进城了。房子呢，连同热炕头外加院子、园子卖给了我。说实话，可把我乐坏了，乐的程度说不定仅次于捞得《刺杀骑士团长》的翻译任务。

房子坐落在镇郊村庄的村头，西村头。村头再往西走二里多，是我近半个世纪前就读的初中母校，往东走不出一里，就是镇里老街即当年的人民公社机关和供销社所在地。也就是说，当年我上初中期间去供销社买书，后来在生产大队（村）当民兵连连长去公社开会，都要经过这个村头。而几十年过后的现在，我在村头翻译村上，当年的民兵连连长在此"刺杀骑士团长"——幽默？荒诞？命运的偶然或不确定性？

作为时间安排，五点到五点半之间起床，六点或六点半开工，中午小睡一个小时，晚间十一点前后收笔歇息。每天慢则译十页，稿纸上得五千言；快则译二十页，得万言上下。平均每天大约译七千五百字。实不相瞒，译七千五百字并不很难，难的是写七千五百字。连写十天之后，胳膊痛，手腕痛，手指痛。握笔的大拇指和承重的小拇指尤其痛。告诉出版社，出版社马上要寄止痛药来，我谢绝了。灵机一动，去院子里拔草，拔了二三十分钟，也许由于受力部位不同的关系，疼痛大为减轻。喏，幸好是在乡下，在城里如何是好？毁坏草坪不成？如此晓行夜宿，风雨兼程，九月中旬一天清晨终于全部完工。手写稿纸一千六百多页，近五十万言，前后历时八十五天。译罢最后一行，掷笔"出关"。但见晴空丽日，白云悠悠，花草树木，粲然生辉。心情好得都不像自己的了，再次借用村上君的说法，心情好得就好像夏日阳光下的奶油蛋糕。

或问：译得这么快，会不会不认真？那可不会。虽说我一向鼓吹审美忠实，但在语义语法层面也还是如履薄冰。在此前提下分外看重文体，尤其文体的节奏和韵味。舍此，无非翻译一个故事罢了——花天价版权费单单买一个故事，值得吗？肯定不值得。而若买来的是一种独特的语言风格或文体，一种独特的审美体验，就可能给中国文学语言的艺术表达带来新的可能性、启示性。果真如此，那么花多少钱都有其价值。而这种价值的体现，应该说在很大程度上取决于翻译：一般翻译转述内容或故事，非一般翻译重构文体和美，文体之美。说到底，这也是文学翻译的妙趣和乐趣所在，否则翻译这件事岂不活活成了苦役？

另外我想强调的一点是，哪怕译得再好，所谓百分之百的村上春树也是不可能存在的。原因有两个。其一，任何翻译都是基于译者个人理解的语言转换，而理解总是因人而异，并无精确秩序可循——理解性无秩序。其二，文学语言乃是不具有日常自明性的、歧义横生甚或意在言外的语言，审美是其核心，而对审美意蕴的把握和再现更是因人而异——审美性无秩序。据村上春树在《终究悲哀的外国语》中的说法："翻译这东西原本就是将一种语言'姑且'置换成另一种语言，即使再认真再巧妙，也不可能原封不动。翻译当中必须舍弃什么方能留取保住什么。所谓'取舍选择'是翻译工作的根本概念。"既然要取舍，势必会改变原文秩序，百分之百的等值翻译也就成了问号。不妨说，文学翻译的最大特点恐怕就在于它的模糊性、无秩序性、不确定性。

且以"にっこり"（smile）的汉译为例。辞典确定

性释义为"微笑"，但在翻译实践中则有无数选项：微微一笑／轻轻一笑／浅浅一笑／淡淡一笑／莞尔一笑／嫣然一笑／粲然一笑／妩媚地一笑／动人地一笑／好看地一笑。或者：笑眯眯／笑吟吟／笑盈盈／笑嘻嘻。甚至"嬉皮笑脸"亦可偶一为之。而另一方面，特定语境中的最佳选项则唯此一个。译者的任务，即是找出那个唯一，那个十几分之一、几十分之一甚至百分之一，通过数个百分之一向"百分之百"逼近。问题是，再逼近也很难精准抵达。换言之，翻译永远在路上。

再者，村上文学在中国、在汉语世界中的第二次生命是汉语赋予的。所以严格说来，它已不再是外国文学意义上或日语语境中的村上文学，而是作为翻译文学成为中国文学、汉语文学的一个特殊组成部分。或者不妨这样说，村上原作是第一文本，中文译作是第二文本，受众过程是第三文本。如此一而再，再而三转化当中，源语信息必然有所变异或流失，同时有新的信息融入进来——原作文本在得失之间获得再生或新生。

最后我要向乡间房前屋后的树们、花们致以谢意。南窗有一株杏树，北窗正对着两棵海棠。七月初刚回来的时候，杏才小拇指大小，羞答答躲在绿叶里，要像查辞典那样查找才能找到；海棠就更小了，圆圆的小脑袋拖着细细的小尾巴在枝叶间探头探脑，活像脑海里赶来代替日语的一串串汉语字眼。及至翻译过半，南窗不时传来熟杏落地的"啪哒"声，平添缱绻而安谧的秋思。北窗成熟的海棠果往往让人联想到小说中秋川漂亮的姑母，催生纯粹属于审美意义上的激情。如此之间，蓦然回神，南北树下的野菊花已经不动声色地绽开星星般的小脸——秋天了。秋天是收获的季节。果然，书译完了。人生快事，莫过于此。

2017 年 9 月 17 日

是什么在挑战翻译？

刚刚过去的二〇二一年十二月二日，国务院学位委员会发布学科目录征求意见函。一看，"翻译"被列入一级学科目录之中。竟有这种正中下怀的美事？我生怕自己瞬间老眼昏花或突发老年白内障，姑且抬眼望了一会儿窗外刺槐树梢上的一对喜鹊，尔后收回视线细看。没错，"翻译"两个字分明出现在"文学"麾下的一级学科阵列。这意味着，翻译开始由后台战战兢兢、仰人鼻息的从属性、"御用"性配角，来了个一夜豹变，变得可以和各路"诸侯"称兄道弟、平起平坐了，好比当年刘关张哥仨儿，上座也好末座也好，总算可以一屁股坐下来了！

我之所以半信半疑，一个原因，是翻译跻身于二级学科目录好像也不过是十几年前的事。十几年间，尽管翻译硕士专业学位教育各地揭竿而起，蔚为大观，但作为翻译实践成果的译作，在不少大学的成果（业绩）评价体系里边，甚至末座也没捞着。套用沙翁句式：成果，算还是不算？这是个问题。而若译作不算成果，那么自不待言，甚至翻译课老师都不会用心搞翻译。而没有翻译实践经验，怎么能教好翻译课、指导好翻硕研究生呢？毛主席很早就在《实践论》中说过："你要知道梨子的滋味，你就得变革梨子，亲口吃一吃。"而当下翻译教学的情况好比是，没吃过梨子的人眉飞色舞地大讲特讲梨子是什么滋味。个体译作不算成果事小，动摇翻译专业根基事大。

好了，翻译荣升一级学科了——估计不会有什么反对意见——如果再不算成果，对上对下恐怕更不好交代。

另一方面，随着人工智能的发展，翻译又面临着新的威胁、新的挑战。前不久中译出版社和广西师大外院举办"《我和我的翻译》丛书发布会暨新阶段中国翻译的角色意义"线上座谈会，主持人就表达了这一忧虑。而我觉得，这种威胁或挑战似乎还不具有切切实实的现实性。

这让我不由得想起北大中文系陈平原教授讲过的一件事：二〇一七年一月十五日他在北京参加首届未来科学奖颁奖典礼，翌日出席"人类的未来：人·机·神"对话会。一位科学家在会上大胆预言：十年后，人工智能将超越人类的思想；二十年后，全球百分之八十的就业人口将无须就业；三十年后，人类可能实现长生不死的美梦。听得陈平原胆战心惊，于是问：百分之八十不用工作的闲人或废人如何度日和求证人生意义？主持人说：这用不着你担心，全都转行搞文学艺术好了，"很优雅的"。

我呢，对此倒没有胆战心惊。相反，作为翻译匠的我颇为欢欣鼓舞——我从中听出了之于翻译和翻译匠的积极信息：哪怕那位科学家的预言再大胆，十年后人工智能所超越的，也只是人类的思想，而不涉及有别于思想的文学艺术，故而二十年过后也还是给百分之八十的闲人或废人留下了全都转行搞文学艺术这条光明大道。也就是说，翻译中的科技翻译、社科翻译、新闻翻译、商务翻译、旅游翻译等非文学翻译有可能被人工智能取而代之，而事关文学翻译（旁及部分学术翻译），科学技术要挑战，至少往后二十年还不自量力，二百年也未必成功。毕竟文学关乎人本身，人的精神、人的心灵、人的灵魂、人的情感、人的种种隐秘的心理机微。而这一切的总和，不妨说简直是宇宙的总和。假如真有一天人工智能技术连这个天灵盖也能打开任意鼓鼓捣捣，那么事情也很简单：人脑都没了，还要翻译干什么？!

至于陈平原教授"胆战心惊"的另一个疑问：假如

人老也不死则人类的新陈代谢如何完成？让我替他补充一句：以生老病死为一大主题的文学艺术如何搞得下去？这点还是请读者诸君自己琢磨好了，这里暂不讨论。

除此之外，中译出版社那位主持人还有一个忧虑：如今会外语的人越来越多、外语水平越来越高，这会不会对翻译构成另一种挑战？不错，外语"哇啦哇啦"讲的人明显越来越多。然而吊诡的是，水涨未必船高，文学翻译的总体水平好像不是随之越来越好，反倒越来越差。什么原因呢？一个原因，是外语水平这个玩意儿，可以通过这个培训那个培训、这个班那个班和出国留学短时间突击上去，但汉语水平、文学水平，尤其文学性汉语水平的提高，这种"敢死队"模式却是很难奏效的。那是个经年累月慢慢熏陶、积淀和发酵结晶的过程。不言而喻，文学翻译的文本呈现形式是母语，是汉语，优劣高下取决于所用汉语的文学性。许渊冲先生生前断言："文学翻译的最高目标是成为翻译文学，也就是说，翻译作品本身要是文学作品。"而文学作品是要言之有文、要讲究文采的。记得季羡林先生说过："研究外国文学，要具有一定的汉语基础。就是要先背上二百首诗词，旧的；古文也要背上几十篇。你脑袋里没有几百首诗词，几十篇古文，要写文章想要什么文采，那非常难。你要翻译，就要有一定文采。"问题是，外语科班出身的人、海归博士们有多少人脑袋里有几百首古诗词、几十篇古文呢？里面有的，大有可能是其他时髦、好玩儿的东西。所以外语水平越来越高，眼下也不足以消解文学翻译的必要性。退一步说，即使全国十四亿人全都外语"哇啦哇啦"响成一片，那也还是有人情愿看翻译过来的作品，那是另一种艺术。实不相瞒，闲下来的时候，作为消遣，我这个村上译者也更乐意看我自己翻译的《挪威的森林》，而不大看日语原版『ノルウェイの森』。总觉得汉语、中文比日文字母"假名"——尽管日文中也有汉字——更能激发审美想象，更让人觉得意在言外。

相比之下，翻译稿酬低倒真可能是挑战翻译、挑战译者心理底线和制约翻译人才成长的一个老大难因素。你想，国人人均 GDP 已经超过 12000 美元，开始在高收入国家行列里昂首阔步了，而翻译稿酬仍在千字 80 元至 100 元之间打转转，译者，尤其年轻译者仍在第三世界水深火热之中唉声叹气，仍在拿李太白凄然自况："吟诗作赋北窗里，万言不值一杯水。"这无论如何也说不过去。不过就我个人来说，也许出版社可怜我年老体衰上气不接下气，对我还是网开一面给些照顾的。至于具体照顾了几张大钞，因出版社不许我说，所以我不能说。可另一方面呢，出版社的日子也好像王小二过年，一年不如一年。据说马云、刘强东他们的电商平台把书价折扣实在压得太低，以致出版社的利润空间只够维持自己苟延残喘，结果不得不在译者身上精打细算、敲骨吸髓。

不过这个问题太复杂，这里磨破嘴皮子怕也无济于事，需要国家有关部门综合考虑，出台综合治理措施。我期待着，我们期待着。

2022 年 1 月 10 日

鼠年的猫：《我是猫》我的猫

庚子，鼠年。尽管十二生肖中鼠排在第一号，然而古往今来鼠的名声一贯不好。喏，《诗经》早在三千多年前就给它一锤定音：硕鼠硕鼠，无食我黍！无食我麦！无食我苗！影响所及，相关负面成语比比皆是：贼眉鼠眼、獐头鼠目、鼠目寸光、胆小如鼠、抱头鼠窜、鼠窃狗盗。又如"老鼠过街，人人喊打""无名鼠辈，何足道哉"。记忆中勉强算是正面形象的，是《水浒》一百单八将里面的白日鼠白胜。且听他在黄泥冈唱道：赤日炎炎似火烧，野田禾稻半枯焦。农夫心内如汤煮，公子王孙把扇摇。——"鼠"不但不吃黍、麦、苗，还为禾稻的枯焦忧心如焚，甚至造反上了梁山"替天行道"。

自不用说，鼠的天敌是猫。实不相瞒，鼠年我要出版《我是猫》——夏目漱石写的，我译。去年译的，译的时候没想到预定出版之年是庚子鼠年，纯属瞎猫撞死鼠——巧碰巧。

不过么，就算《我是猫》出版了，鼠也不必胆小如鼠。这是因为，《我是猫》里的猫不抓老鼠，坚决不抓。不抓老鼠的这只猫平时也并非无所事事。观察人，经常观察的是养它的主人苦沙弥先生。苦沙弥是教师，而且和我一样是外语教师。在一百多年前的日本，懂外语的教师是极少的。但猫还是瞧不起外语教师，不，瞧不起所有教师。喏，书房里的教师在猫眼里是这样子的："我辈时而蹑手蹑脚窥看他的书斋：他经常睡午觉，不时把口水淌在打开的书上。他胃不好，皮肤带有淡黄色，没有弹力，显出缺乏活力的症候。然而甚是能吃。大吃之后又吃淀粉酶。吃完后打开书本。看了两三页就开始犯困。口水淌在书上。这是他每晚周而复始的功课。虽然是猫，但我辈也时有所思：教师这东西委实自在得很。倘生而为人，非当教师不可。既然这般躺躺歪歪也能胜任，那么猫也未必不行。尽管如此，若让主人说来，再没有比当教师更痛苦的了。每次有朋友来，他都这个那个抱怨一番。"

说实话，这段话看得我，不，译得我心有不爽。很想抗议说当教师很不容易的哟，又要请学生给自己上的课打分，又要巧立项目写论文且要至少在C刊上发表才算数，又要恪守单独指导女研究生时一定要留门缝以供窥看的规定……不过话说回来，教师如我，在书房躺躺歪歪倒也是事实。所幸时下暂无中风征候，伏案打盹时尚不至于把口水淌在书上。对了，忘记说了，为了译好《我是猫》，家里特意养了一只猫，任它在若干房间随便出入。但译完这段话之后，我再也不许猫进书房窥看。有时发现它在案前椅子上躺躺歪歪犯困——尽管没淌口水——就一把将它整个掀到地板上去。它爬起来必定抬头白我一眼或瞪我数秒，这才一步三扭地扭着水蛇腰讪讪走了。我不愿意让它歪曲事实诋毁教师声誉。哼，躺躺歪歪怎么了？躺躺歪歪也在绞尽脑汁琢磨写论文，也在搜肠刮肚想词儿翻译《我是猫》。和尔等躺躺歪歪完全不可同日而语。以猫之心度人之腹，一边儿玩儿去！

《我是猫》的猫不仅进书房窥看主人苦沙弥先生，还进卧室窥看先生夫人睡觉："夫人把吃奶孩子扔出一尺多远，张着嘴，打着鼾，枕也没枕。以人而言，若问什么最难看，我辈以为再没有比张嘴睡觉更不得体的了。我等猫们，一辈子都不曾这般丢人现眼。说到底，嘴是发音工具，鼻是为了吐纳空气……不说别的，万一从天花板掉下老鼠屎来何其危险。"看到这里，爱猫族、铲屎官们可得当心了：千万别让猫进卧室，家丑不可外扬！说来也怪，较之书房，猫——我家这只——更中意进卧室。一次我半夜去卫生间回来，月光下但见它不偏不倚大模大样躺在我的床铺正中，全然旁若无人。从此以后，睡觉前一定把它骗进厨房关禁闭。后爪踢门也好，前爪挠门也罢，一概置之不理。

不过细想之下，庚子鼠年的鼠，生肖属鼠的鼠，未必非老鼠不可，或是松鼠、小松鼠也未可知！同是鼠类，而无论意象还是形象，二者截然有别。"我这人生简直像在橡树顶端的洞穴里头枕核桃昏昏然等待春光来临的小松鼠一样安然平淡。"这是村上春树《舞！舞！舞！》中的一个比喻。借花献佛，请让我把这个比喻送给鼠年所有的朋友——较之乐不可支，一年间安然平淡可能更为幸福！恭祝鼠年幸福！

2020 年 1 月 12 日

村上春树的猫　夏目漱石的猫

日本现当代作家中，能入村上春树法眼的不多。即使对川端康成，村上也颇有微词："对于其小说世界的形态，我个人无法怀有共鸣。"至于三岛由纪夫、太宰治，读起来"就好像把脚插进号码不对的鞋"。但至少夏目漱石在他眼中是个例外，好几次赞不绝口，谓漱石每一个句子都"自掏腰包"，漱石确立的文体，"已经成了经典"，百余年来无可撼动。不知是否巧合，村上的文体与漱石的文体颇为相似：简洁，幽默，机智。主人公也有可比之处——多是边缘化的小知识分子，而且都侧重描写其内心的纠结、苦闷和孤独。

不料近日阅读，又发现了两人之间的一个关联——村上倒是没有提及——都喜欢猫，都写了猫，容我就此约略展开一下。

村上有一套"村上朝日堂"系列随笔集，共五本，几乎每本都提到猫。例如《漩涡猫的找法》这本，里面说他上大学住宿舍时还自己养过一只猫：某日晚间走路时有一只猫"喵喵"跟在后头，一直跟进宿舍。"褐色虎纹猫，毛长长的，两腮毛茸茸活像连鬓胡，十分可爱。性格相当倔强，但跟我甚是情投意合，那以来'两人'生活了很长时间。"唯一的问题是，村上当时很穷。按他自己的说法，身无分文的状态一个月当中一般要持续一个星期之久。主人都吃了这顿没下顿，猫哪里会有吃的呢？于是村上向班上的女生求援。"我若说自己因为没钱正饥肠辘辘，对方必定不理我：'活该！那是你村上君自作自受。'而若说'没钱了，家里的猫什么吃的也没有'，则多数都会予以同情，说一声'没办法啊'，借一点钱给我，反正如此这般，猫和主人都穷困潦倒忍饥挨饿，有时猫和人还争先恐后地抢夺仅有的一丁点食物。"

婚后也养猫，也穷得一塌糊涂。"不是我瞎说，过去我相当穷来着。刚结婚的时候，我们在家徒四壁的房间里大气也不敢出地活着。连火炉也没有，寒冷的夜晚抱着猫取暖。猫也冷，紧紧贴在人身上不动——颇有些同舟共济的意味。"这点在二〇〇一年他应我的要求写给中国读者的信中也得到了确认："还是大学生时结的婚。那以来一直劳作，整日忙于生计，几乎没有写字。借钱经营一家小店，用以维持生活。也没什么野心，说起高兴事，无非每天听听音乐、空闲时候看看喜欢的书罢了。我、妻，加一只猫，'三人'一起心平气和地度日。"喏，婚前"两人"生活，婚后"三人"度日——在村上眼里、心里，猫简直不再是猫，而是和自己，和夫人平起平坐的家庭成员——家人。这也再次表明音乐、书、猫在他生活中的作用。

之于村上，猫和书不仅在生活中是他"再宝贝不过的伙伴"，而且对其创作也有无可替代的作用。村上在《没有女人的男人们》那部短篇集的原版后记中坦言："感谢过往人生中有幸遇到的许多静谧的翠柳、绵软的猫们和美丽的女性。如果没有那种温存那种鼓励，我基本不可能写出这样一本书。"噢，咱们中国也有不少人喜欢猫——猫们无不绵软——静谧的翠柳无所不在，美丽的女性比比皆是，那么你要不也写一本？既然村上因此写出了《没有女人的男人们》，那么你这个"铲屎官"难道就不能写一本《没有男人的女人们》？这种场合，客气毫无必要。

上面说的是村上随笔中和后记中的猫——实有其事，实有其猫。此外小说中也有虚构的猫——虚有其事，虚有其猫。例如《寻羊冒险记》中需要每天"用蘸橄榄油的棉球棒掏一次耳朵"的"沙丁鱼"，《奇鸟行状录》中感觉类似主人公老婆的哥哥、尾巴尖儿有点儿弯曲的"绵谷升"，《海边的卡夫卡》中的不说也罢。当然，大家熟悉的肯定是《挪威的森林》里的"海鸥"。记得第十章相关那段吧：渡边君读完直子的病友石田玲子的信，坐在檐廊上一动不动，"望着已经春意盎然的庭园。园里有株古樱，花开得几近盛开怒放。微风轻拂，光影斑驳，而花色却异常黯然。少顷，'海鸥'不知从何处走来，在檐廊地板上'嚓嚓'搔了几下爪子，便挨在我身旁怡然自得地伸腰酣睡"。

不但猫，村上作品中还常有其他动物出现：羊、狗、马、袋鼠、熊、大象、独角兽，以及乌鸦、拧发条鸟等等。究其原因，一是动物不能说话。"虽然拥有某种自我，但是不能将其转化为语言——对这样的存在我怀有极大的同情。"另一个原因，是村上认为有时能够借助动物传达许许多多的事情、种种样样的想法。

下面说夏目漱石，漱石家的猫。漱石家养过三只猫。《我是猫》里的猫是第一只，灰里透黑，带虎斑纹。还是小猫的时候主动跑进漱石家门。起始不受待见，不知被漱石夫人（小说里是女佣）扔出过多少次，最后是因为漱石发话才得以留下来的。漱石趴在书房的榻榻米上看报，猫就爬上他的后背，漱石爬起来写作，猫就趴在他的腿上。如此一来二去，漱石灵机一动，提笔写了《我是猫》，结果大受好评，漱石随之声名鹊起。就连东京大学的老师也不当了，转去《朝日新闻》报社当专职作家。不妨说，猫给漱石带来了福气（福猫？），带来了人生转机。如果没有这只猫，就可能没有漱石的成名作《我是猫》，也就没有漱石此后十年的文学创作，当然也就没有被鲁迅誉为"当世无与匹者"的夏目漱石这位大作家。

说到这里，或许有谁想问，即使作家里边，喜欢狗的也好像比喜欢猫的多，可为什么没人写《我是狗》呢？作为答疑，我想是不是有以下三个原因。首先，猫有日常性。一比就知道了，假如不说"我是猫"而说"我是老虎""我是白骨精"或"我是牛魔王"，没准把女生吓哭了，哪里还会买书？其次，猫有个性，有村上说的较强的"某种自我"。骄傲、矜持、优雅、狡黠，与人亲近而又保持距离，靠人养活而又自命清高。狗倒也有日常性，但狗的"自我"不强，不能成为猫那样的"他者"。唯其如此，才有"狗腿子""走狗""狗仗人势"之说。最后，若说"我是狗"，难免有自虐之嫌，不好玩儿。

言归正传，村上和漱石不仅都喜欢猫，甚至对猫的描写也有相近之处或某种联系。村上养过很多猫，其中有一只名叫"缪斯"的猫。名字虽然漂亮，但习惯相当诡异：产崽的时候一定要村上握住它的两只爪子。且看村上的描写："每次阵痛来临快要生的时候就'喵喵'叫着懒洋洋歪在我怀里，以仿佛对我诉说什么的眼神看我的脸。无奈，我就说道'好、好'，握住猫爪。猫也当即用肉球紧紧回握一下。"产崽过程中，"我从后面托着它握住两爪。猫时不时回头以脉脉含情的眼神盯住我，像是在说'求你哪也别去，求你了'。……从最初阵痛到产下最后一只大约要两个半小时。那段时间里我就得一直握住猫爪，与它四目对视"。再看夏目漱石笔下的猫。《我是猫》里的猫偷喝了两杯啤酒，当然喝醉了，喝醉的猫是什么样的呢？漱石这样写道："身上逐渐变暖，眼睑变重，耳朵发热，想一唱为快，想喵喵起舞。主人啦，迷亭啦，独仙啦，统统一边玩儿去！恨不得挠一把金田老头儿，恨不得咬一口金田夫人的鼻子，如此不一而足。最后想摇摇晃晃站起来，站起来又想跟跟跄跄走一走。感觉太妙了！还想去外面逛一逛。到了外面很想来一声：'月亮姐姐晚上好！'委实乐不可支。"喏，猫喝醉了要咬一口金田夫人的鼻子。那么没醉的时候呢？其实更厉害！"听说前一阵子日本与沙俄打了一场大仗。我辈因是日本之猫，当然偏向日本。甚至心想，如果可能，当组织混成猫旅去挠俄兵。"

这么比较起来，两人的描写好像根本不是一回事。喏，村上的猫"以脉脉含情的眼神盯住我"，而漱石的猫不是想"挠一把金田老头儿"，就是要"组织混成猫旅去挠俄兵"。一个温情脉脉，一个气势汹汹，一个懒洋洋歪在人的怀里，一个居然说主人丢人现眼。二者哪有什么联系、什么相近之处?! 不，仔细琢磨还是有一点的，那就是拟人、风趣、好玩儿、幽默！是的，幽默——前面已提到了——可以说，这是两人语言风格的一个相近之处或文体上的联系。

2020 年 9 月 9 日

《草枕》:"非人情"与"东洋趣味"、中国趣味

　　"草枕",汉语查无此语,日语意为"旅途、旅程、行旅"。倒退一百多年,出游绝无飞机、高铁之利,亦无自驾游之说,难免餐风宿露,席地枕草——以草为枕,"草枕",良有以也。是以书名照抄"草枕",未予翻译。

　　一八六七年出生的夏目漱石于一九〇四年三十八岁时正式开始文学创作,翌年发表《我是猫》,一举成名,呼啸列岛。其丰沛的才华、深厚的学养、犀利的笔触、超然的姿态,从此惊动文坛,众皆仰慕。顺时应人,转年四月《哥儿》问世,九月《草枕》付梓。据漱石之子夏目伸六回忆,十万言(日文)的《草枕》仅用十天便一挥而就,且值盛夏之时。同样十万言的《哥儿》(坊っちゃん)亦不出十天即告杀青,且同时为杂志连载而

赶写《我是猫》(『わが輩は猫である』)。"文思泉涌、笔底生风"之语用于此时的漱石全然不是溢美之词。另一方面，因"写上课讲义比死还令人讨厌"——其时漱石在东京帝国大学（现东京大学）讲授英国文学——遂于翌年一九〇七年索性辞去东大等校所有教职，加盟朝日新闻社，任其专属作家。随即写了《虞美人草》在《朝日新闻》连载。而后几乎每年连载一部长篇，《三四郎》《从此以后》《门》《彼岸过迄》《行人》《心》《道草》《明暗》，一部接一部鱼贯而出。岂料天不假年，一九一六年虚龄五十岁时不幸与世长辞，《明暗》遂成绝笔未竟之作。

　　漱石创作生涯仅仅十年有二，而其长篇即达十三部之多，被尊为东瀛文坛百年独步的"大文豪"和"国民大作家"。纵使素不待见日本作家的村上春树，对夏目漱石也推崇有加，断言若从日本近现代作家中投票选出十位"国民作家"，夏目漱石必定"位居其首"，盖因漱石文体乃日本近代文学史上无可撼动的"主轴"——"每个句子都自掏腰包"。文艺评论家江藤淳则认为，较之与漱石同时代的正冈子规、尾崎红叶、幸田露伴等作家，漱石是唯一"活"到今天的"国民作家"。究其原因，一是漱石文学深深植根于日本的"过去"，即日本文学、日本文化传统的土壤，而不是像其同时代作家那样力图与之一刀两断；二是，漱石乃第一位洞察现代文明的

"阴翳"或其弊端的作家，因而穿越了现代文明而直抵其"另一侧"。（参阅新潮文库平成十六年版《草枕》附录《漱石的文学》）概而言之：其一，本土性、传统性；其二，超越性、前瞻性。不过村上强调和欣赏的，更是漱石独具一格的文体。村上语境中的"文体"，主要指语言风格（style）。自不待言，文体还有另一含义：文章的体裁。下面请让我就这两个含义约略分析一下《草枕》的特色。

先看体裁，体裁含义的文体。作为体裁，《草枕》固然应归为小说类，但并非通常的小说。漫说同当时日本文坛的主流作家相比，即使在漱石自己的十几种小说中，《草枕》也是"另类"。按漱石本人的说法，乃"开天辟地以来无与类比"的小说。有人称之为"俳句式小说"，有人谓之为"纪行文式小说"，漱石则以"写生文"小说自辩。依我浅见，不妨视为散文体小说——非以故事情节取胜，而以韵味、以意境、以机锋与文辞见长。虽然作为小说作品也有那美这一漂亮的女主人公，但她只是作者表现"非人情"意境的一个符号，而未被赋予推动情节发展的功能，或者莫如说女主人公一开始就被作者从这一功能中解放出来。在这点上，的确有别于通常意义上的小说。漱石之子夏目伸六曾这样评价乃父这部大作："毫无疑问，尽管作品颇有'掉书袋'之感，但也因而与《我是猫》《哥儿》并列为家父前期代表作。不言而喻，即使从其独出机杼、天马行空的形式与内容来看，也确乎是明治时期不朽的特色名作。"（夏目伸六《父·夏目漱石》）

再看语言风格，语言风格意义上的文体，文体之美。夏目漱石自小喜欢汉籍（中国古典文学），曾在二松学舍专门学习汉籍，汉学造诣非同一般，尤其欣赏陶渊明。他自己也喜欢写汉诗（五言古诗、七绝、七律等），十五岁即出手不凡，《草枕》中的主人公"我"写的汉诗均为二三十岁时的漱石本人之作。他临终时写的仍是七律。据日本学者统计，现存漱石汉诗计有二百零八首。创作最后一部长篇期间，上午写大约一日连载分量的《明暗》，下午写七言律诗一首，几乎成了"日课"（每日的功课）。（参阅饭田利行《漱石诗集译》）散文方面，对唐宋八大家情有独钟，坦率地承认其文学功力得自唐宋八大家，因而文体有"漢文調"，简约、工致、雄浑，讲究韵律和布局之美，读之如万马注坡，势不可当，又如窗外落晖，满目辉煌。这在《我是猫》中表现得酣畅淋漓。《草枕》亦不相让，开篇即拔地而起："一面在山路攀登，一面这样想道：役于理则头生棱角，溺于情则随波逐流，执于意则四面受敌，总之人世难以栖居。"继之而来的一段可谓异彩纷呈而又井然有序，深得"漢文"之妙：

从难以栖居之世剥离难以栖居的烦恼，将难得可贵的世界呈现在眼前的，是诗，是画，或是音乐与雕刻。进一步说来，不呈现也无妨，只要逼近视之，自有诗栩栩如生，自有歌汩汩喷涌。纵然构思不落于纸，也有璆锵之音起于胸间。即使不面对画架涂抹丹青，斑斓五彩也自会映于心眼。只要能如此静观自己所居之世，只要将浇季混浊的俗界至清至美地收入灵台方寸的镜头，此即足矣。因而，在能够如此观察人世这点上，在如此摆脱烦恼这点上，在能够得以如此出入清静界这点上，在能够建立不同不二之乾坤这点上，在扫荡私利私欲之羁绊这点上，无声的诗人纵无一句，无色的画家纵无尺绢，也比千金之子，也比万乘之君，也比俗界所有宠儿都要幸福。

文艺评论家柄谷行人在新潮文库版《草枕》文末所附《关于〈草枕〉》中列举的两段，虽写浴池女子，文体也抑扬顿挫，与之相映生辉：

　　而且，这一形象并未像普通裸体那样赤裸裸闯到我的眼前，而只是将其若隐若现地置于虚无缥缈的神秘氛围中，使得赫然入目的美变得古朴优雅、扑朔迷离，好比将片鳞只爪点缀于淋漓酣畅的泼墨之间，将虬龙妖怪想象于笔锋之外，从而具备了以艺术角度观之无可挑剔的气韵、温馨与冥邈的氛围。

轮廓逐渐白莹莹浮现出来。只要向前踏出一步，终于逃离的嫦娥即可堕于俗界——就在我这么想的刹那间，绿发如劈波斩浪的灵龟尾巴一般卷起阵风，纷然披散开来。团团旋转的烟雾随之裂开，雪白的身影跳上台阶。"呵呵呵呵"，女子尖锐的笑声在走廊四下回响，将安静的浴场渐渐抛去身后。

不过，柄谷行人似乎把这样的行文风格归因于《楚辞》："这是那美那个女子现身于画家所在的浴池而又消失的情景。首先令人惊异的，是拒绝提示任何明确视像之语汇（汉语）的纵横捭阖。漱石在写《草枕》之前重读《楚辞》这一事实，使得这部小说彻头彻尾是由'语言'编织成的。"这意味着《草枕》的文体既有唐宋名家散文的简约和铿锵有力，又有屈宋楚辞的富丽与一唱三叹。换言之，在夏目漱石看来，文学——小说也好，诗歌也罢——首先是语言艺术、文体艺术。语言不仅仅是所思所感的载体，在某些情况下，语言本身即是思，即是感，即是美。实际上《草枕》也以"美文調"为其明显特色：语言之美、修辞之美、文体之美。

当然，文体之美本身不是目的。文以载道，"道"在这里就是漱石的艺术观、自然观以至文明观，其关键词是"非人情"。

"非人情"是漱石首创之语，始于《草枕》。何为"非人情"呢？漱石自己解释如下："写生文作家对于人的同情不是与所叙述之人一起郁郁寡欢、哭天号地、捶胸顿足、狼狈逃窜那个层面的同情，而是在旁人为之不胜怜悯的背面含带微笑的同情。并非冷酷，而仅仅是不和世人一起哀号罢了。因而，写生文作家所描写的大多不是令人痛不欲生的场景。不，因为无论描述多么令人痛不欲生的事态也以这一态度贯彻始终，所以初看之下总有意犹未尽之感。不仅如此，唯其以这一态度对待世间人情交往，故而在一般情况下都化为隐含滑稽因子的语句而表现在文章上面。"（夏目漱石《写生文》）

事实上，《草枕》也是这样处理的，例如对离开银行破产的丈夫返回娘家的那美遭受的种种非议，对即将被送上日俄战争的战场而几无生还希望的年轻男子的内心痛楚，作者几乎完全没有设身处地的情感投入，而以超然的态度一笔带过。唯一例外的是男主人公"我"的理发店遭遇："当他挥舞剃刀的时候，全然不解文明法则为何物。触及脸颊时啪啪作响，剃到鬓角时则动脉怦怦有声。利刃在下巴一带闪烁之际仿佛践踏霜柱咔哧咔哧发出诡异的动静。而本人却以日本第一高手自居。"绘声绘色，力透纸背。看来，哪怕再"非人情"，而一旦危及自身，恐怕也还是超然不起来的。

不过，超然也好，不超然也好，漱石的"非人情"主要不表现在人际关系即"人情"的处理上面。相比之下，"非人情"指的更是一种审美境界，一种美的追求——只有超然物外，超然于世俗人情之外，美的境界方能达成。反言之，美的追求和审美修养可以使人从人情羁绊、从物质享受的痴迷中解脱出来。

显而易见，漱石的"非人情"审美境界的核心是"東洋趣味"。而"東洋趣味"，每每意味着中国趣味、中国古文人审美情趣。漱石认为西方诗歌的根本在于叙说人事、人世之情。因而，无论其诗意多么充沛，也时刻忘不了数点银两，也时刻匍匐于地站不起来。"令人欣喜的是东洋诗歌从中解脱了。'采菊东篱下，悠然见南山。'此情此景，说明在那一时刻全然忘记这热不可耐的尘世。既非因为院墙那边有邻家姑娘窥看，又不是由于南山有亲友当官。超然出世，心情上得以远离利害得失的万般辛劳。'独坐幽篁里，弹琴复长啸。深林人不知，明月来相照。'寥寥二十字别立乾坤……但愿能从大自然中直接汲取渊明、王维的诗境，暂且——纵使片刻——逍遥于'非人情'天地。"与此同时，漱石还通过画家"我"这一男主人公将日本、中国、西洋（和、汉、洋）在审美趣味上的差异加以比较："大凡中国器物无不异乎寻常。无论如何都只能认为是古朴而有耐性之人发明的。注视之间，那恍惚忘我之处令人敬畏。日本则以投机取巧的态度制作美术品。西洋呢，大而精细，却怎么也去不掉庸俗气。"

此外，目睹美女，"我"想到的是"春宵一刻值千金"；坐于草地，想到的是"滋兰九畹、树蕙百畦"；泡温泉，想到的是"温泉水滑洗凝脂"。继而表示："每次听得'温泉'一词，心情必像此句表现的那般愉快。同时思忖：不能让人产生这种心情的温泉，作为温泉毫无价值可言。"还有，夜晚在寺院漫步，记起的是宋代诗人晁补之的《新城游北山记》："于时九月，天高露清，山空月明，仰视星斗皆光大，如适在人上……"

小说主人公是会写诗的画家，自然免不了提及绘画艺术。而这方面也不难看出漱石对"東洋趣味"的由衷推崇和对西方艺术的不以为然。试举一例："古希腊雕刻倒也罢了，每当看见当今法国画家视为生命的裸体画的时候，由于力图将赤裸裸的肉体之美画得穷形尽相的痕迹触目皆是，以致总觉得有些缺乏气韵——这种心情迄今一直弄得我苦不堪言。"作者随即斥之为"下品"。那么何为上品呢？这就涉及漱石所说的作画三层次：第一层次，即物；第二层次，物我并存；第三层次，唯我心境，或物外神韵。第三层次即"上品"，漱石为此举出两例，首先是中国宋代画家文与可（1018—1079）的竹，其次是日本中世画家云谷等颜（1547—1618）的山水。"至于西洋画家，大多注目于具象世界，而不为神往气韵所倾心。以此种笔墨传达物外神韵者，不知果有几人。"此亦"非人情"之谓："非人情"审美境界，"非人情"艺术观，"非人情"自然观以至人生观。与西方的注重人事迥异其趣。

当然，"非人情"也不是完全不讲人情，不讲人事。且看《草枕》结尾："流浪武士的脸很快消失不见。那美茫然目送火车。奇异的是，茫然之中居然有迄未见过的'哀怜'（あわれ）在整个面部浮现出来。就是它！正是它！它一出来就成画了！"亦即，那美之所以未能完全成为主人公笔下的绘画对象，原因不外乎那美缺少"哀怜"表情。而美的最高层次是"哀怜"，是"恕"，是"善"。恕我武断，较之"真"（唯一的"真"是理发店遭遇），《草枕》诉求的更是"美"，最终指向"善"——"哀怜"。那就是美，那美，此之谓乎？而这无疑是对日本文化"物哀"（もののあわれ）以至儒家忠恕之道的顾盼与依归。

尤其难得的是，如此扬东抑西的漱石从英国留学回来还不到四年时间。不妨认为，两年伦敦留学生活不仅没有让他对英国，对西方文学、西方文化以至西方文明一见倾心，反而促使他自觉与之保持距离，进而采取审视、怀疑和批判的态度。也正因如此，他才对明治维新后的日本政府奉行的以"文明开化"为口号的全盘西化怀有戒心和危机感。而作为抗衡策略，他开始"回归东洋"，重新确认东洋审美传统及其诗性价值，以寻求日本人之所以为日本人的文化自证（identity）。这在其首部长篇《我是猫》中始见锋芒，《草枕》全线进击，《虞美人草》在文体上承其余波。

我想，日本民族的一个值得庆幸之处，恰恰在于在明治维新后全盘西化的大潮中有夏目漱石这样的"海归"知识分子寻求和固守日本民族传统和文化自证，在二战后伴随着美国驻军汹涌而来的美国文化面前，有川端康成这样清醒的文人不遗余力地描绘和诉求"日本美"，而最终获得国际性认同，获得诺贝尔文学奖。与此同时，有铃木大拙这样面对西方强势文化而终生以宣扬禅学和日本文化为己任的学者和思想家，并且获得了西方广泛的兴趣和认可（顺便说一句，夏目漱石在禅学上也颇有造诣）。这或许也是《草枕》这部小说留给我们的思考和启示。

2020 年 12 月 20 日

《刺杀骑士团长》：旧的砖块，新的墙壁

　　一鼓作气看完了村上春树的最新长篇小说《刺杀骑士团长》。上下两部，1046页。第一部"显形理念篇"，第二部"流变隐喻篇"。第一部腰封上写道："旋转的物语，以及乔装的话语：自《1Q84》以来期盼七年的最新严肃长篇。"封底照录第一章开头："那年的五月至第二年的年初，我住在一条狭长山谷入口附近的山顶上。夏天，山谷深处雨一阵阵下个不停，而山谷外面大体是白云蓝天……那原本应是孤独而静谧的日日夜夜，在骑士团长出现之前。"第二部腰封上写道："渴望的幻想，以及反转的眺望：物语将由此驶向何处。"封底上则是："1994—1995年《奇鸟行状录》、2002年《海边的卡夫卡》、2009—2010年《1Q84》，进一步旋转的村上春树小说世界。"

的确，假如没有骑士团长的出现，因妻子有外遇而离家出走的三十岁的"我"很可能在山顶那座别墅继续"孤独而静谧的日日夜夜"。然而骑士团长出现了——"我"在别墅阁楼里发现一幅题为《刺杀骑士团长》的日本画。画的是年轻男子将一把长剑深深刺入年老男子的胸口，旁边站着一名年轻貌美的女子和一名侍者模样的男人。画显然取材于莫扎特的歌剧《唐璜》：浪荡公子唐璜欲对美貌女子非礼，女子的父亲骑士团长赶来相救而被唐璜当场刺杀。令主人公"我"费解的是，为何画家雨田具彦把这幅堪称杰作的画藏在阁楼而不公之于世？为何画中人物身穿一千五百年前日本飞鸟时代的服装？尤其是，画家想通过这幅画诉求什么？于是，主人公"孤独而静谧"的生活至此终结，小说的情节由此变得更加波谲云诡、扑朔迷离。但绘画《刺杀骑士团长》始终占据核心位置：画家的身世，画的创作起因，纳粹吞并奥地利以及南京大屠杀。甚至，骑士团长从画中走下来介入"我"的生活、"我"周围人的生活……

日本有若干评论认为这部大长篇熔铸了村上文学迄今为止所有要素。对此我也有同感。例如虚实两界或"穿越"这一小说结构自《世界尽头与冷酷仙境》以来屡见不鲜，被妻子抛弃的孤独的主人公"我"大体一以贯之，具有特异功能的十二岁美少女令人想起《舞！舞！舞！》中的雪，走下画幅的骑士团长同《海边的卡夫卡》

中的卡内尔·山德士上校两相仿佛，"井"和井下穿行的情节设计在《奇鸟行状录》已然出现，即使书中的南京大屠杀也并非第一次提及……

如此看来，确有"旋转"之感——"旋转的物语""旋转的村上春树"。至于为什么"旋转"，或者说村上为什么要如此全面动员似曾相识的所有村上文学要素创作这部长篇，日本评论家暂时语焉不详。这就给我留下思索的余地，也留下了难题。村上曾说写小说是用虚假的砖块砌就真实的墙壁，而我此刻的任务是看村上如何用旧的砖块砌就新的墙壁。如此努力的时间里，有三个想法倏然浮上脑海。在此姑且向大家粗线条报告如下。借用日语式说法，算是"中间发表"吧！

三个想法里边，最主要的是关于南京大屠杀的。书中这方面的表述出现在第二部第三十六、三十七章。核心部分已由媒体披露了，恕我重译一遍："是的。就是所谓南京大屠杀事件。日军在激战后占据了南京市区，在那里杀了很多人。有同战斗相关的杀人，有战斗结束后的杀人。日军因为没有管理俘虏的余裕，所以把投降的士兵和市民的大部分杀害了。至于准确说来有多少人被杀害了，在细节上即使历史学家之间也有争论。但是，反正有无数市民受到战斗牵连而被杀害则是难以否认的事实。有人说中国人死亡数字是四十万，有人说是十万。可是，四十万人与十万人的区别到底在哪里呢？"画家雨田具彦的胞弟参加了进攻南京的战役，"弟弟的部队从上海到南京在各地历经激战，途中反复进行无数杀人行为、掠夺行为之事"。进入南京后被上级命令用军刀砍杀"俘虏"。"如果附近有机关枪部队，就令其站成一排砰砰砰集体射杀。但普通步兵部队舍不得子弹（弹药补给往往不及时），所以一般使用刃器。尸体统统抛入扬子江。扬子江有很多鲇鱼，一具接一具把尸体吃掉。"类似描述接近三页，译为中文也应在一千五百字上下。

前面已经提及，南京大屠杀在村上作品中并非第一次出现。如一九九四至一九九五年出版的《奇鸟行状录》通过滨野军曹之口这样说道："在南京一带干的坏事可不得了，我们部队也干了。把几十人推下井去，再从上边扔几颗手榴弹。还有的勾当都说不出口。"不仅如此，早在一九八二年的《寻羊冒险记》中，村上的笔锋就开始从东亚与日本的关系这一切入口触及由南京大屠杀集中表现的日本侵华的历史。不妨说，所谓"寻羊"，就是寻找右翼势力以至军国主义、国家性暴力的源头。村上借《寻羊冒险记》中出场人物之口断言："构成日本近代的本质的愚劣性，就在于我们在同亚洲其他民族的交流当中没学到任何东西。"而村上之所以追索日本军国主义或国家性暴力的源头及其在二战中种种骇人听闻的表现，一个主要目的，就是要防止这种"愚劣性"故技重演。一九九五年在同后来出任日本文化厅长官的著名心理学家河合隼雄对谈时，村上明确表达过这方面的担忧："我渐渐明白，珍珠港也好，诺门罕也好，这类五花八门的东西都存在于自身内部。与此同时，我开始觉察，现在的日本社会，尽管战后进行了各种各样的重建，但本质上没有任何改变。这也是我想在《奇鸟行状录》中写诺门罕的一个缘由。"同时指出："归根结底，日本最大的问题，就是战争结束后没有把那场战争的压倒性暴力相对化。人人都以受害者的面目出现，明里暗里以非常暧昧的言词说'再不重复这一错误了'，而没有哪个人对那个暴力装置负内在责任。……我所以花费如此漫长的岁月最后着眼于暴力性，也是因为觉得这大概是对于那种暧昧东西的决算。所以，说到底，往后我的课题就是把应该在历史中均衡的暴力性带往何处，这恐怕也是我们的世代性责任。"

毋庸置疑，村上这一责任感和战斗姿态促成了《刺杀骑士团长》的诞生。据日本《每日新闻》二〇一七年四月二日报道，村上就此接受媒体采访，当记者问他对题为《刺杀骑士团长》这幅画的背景投有纳粹大屠杀和南京大屠杀的历史阴影这点怀有怎样的想法时，村上回答："历史乃是之于国家的集体记忆。所以，将其作为过去的东西忘记或偷梁换柱是非常错误的。必须（同历史修正主义动向）抗争下去。小说家所能做的固然有限，但以故事这一形式抗争下去是可能的。"另据《朝日新闻》同日报道，村上随后表示："故事虽不具有即时效力，但我相信故事将以时间为友，肯定给人以力量。如果可能，但愿给人以好的力量。"

那么，这部自二月二十五日问世以来不到一个半月即已发行130万册的"故事"在这方面给人以怎样的力量——和以往作品中的同样历史要素相比有怎样的不同呢？我想第一是容量不同。就南京大屠杀而言，在《奇鸟行状录》中仅寥寥几句，而在《刺杀骑士团长》——如前所述——日文原著中有近三页之多。第二，就村上相关发言来看，村上这次使用了"偷梁换柱"（替り替えたりする）和"历史修正主义动向"（歴史修正主義的な動き）这样的表达方式。在敏感的历史认识问题上明确使用这样的表达方式，在我的阅读范围内，当是第一次。其实，取材于《唐璜》的《刺杀骑士团长》这幅画本身即是一种置换或偷梁换柱——画中人物穿的不是欧洲中世纪骑士服装，而是公元六七世纪之交的日本古代服装。服装被置换了的唐璜为了满足自己对女子图谋不轨的私欲而刺杀作为女子父亲的骑士团长到底意味着什么？画家（或作者）到底借此诉求什么？况且，画的创作手法也是一种置换或偷梁换柱——原本画油画的画家雨田具彦突然改用日本画手法。而这又是为什么？这两点始终是主人公"我"思索和追究的核心问题。但不管怎样，都不妨视之为对置换或偷梁换柱手法以至历史修正主义动向的艺术性诠释。

而这难免涉及日本与东亚的关系。关于村上视野中的日本与东亚的关系，据二〇一五年四月十七日《神户新闻》等报纸以《时代、历史和物语》为题刊发的共同社访谈稿，村上就此表示："东亚文化圈有极大的可能性。即使作为市场也应会成为非常大非常好的市场。相互仇视没有任何好处。"当被问及历史认识问题时，村上回答："现在，东亚正在发生巨大的地壳变动。日本是经济大国而中国和韩国是发展中国家的时候，各种问题在这种关系中被封闭住了。但在中国、韩国的国力上升后，这种结构就崩溃了，被封闭的问题开始喷发出来。力量相对下降的日本有一种类似'自信丧失'的东西，很难直率接受这样的局面。"（相対的に力が低下してきた日本には自信喪失みたいなものがあって、なかなかそういう展開を率直に受け入れることができない。）村上进而指出："我认为历史认识问题非常重要，关键是要认真道歉。恐怕只能道歉到对象国说'虽然还不释然，但道歉到这个程度，已经明白了，可以了'那个时候。道歉并不是可耻的事情。具体事实另当别论，毕竟侵略别国这条主线是事实。"（歴史認識の問題はすごく大事なことで、ちゃんと謝ることが大切だと僕は思う。相手国が「すっきりしたわけじゃないけれど、それだけ謝ってくれたから、わかりました、もういいでしょう」
と言うまで謝るしかないんじゃないかな。謝ることは
恥ずかしいことではありません。細かい事実はともか
く、他国に侵略したという大筋は事実なんだから。）

　我觉得，这里有两句话尤其值得注意。一句是"相
互仇视没有任何好处"（いがみあっていても何もいいこ
とはありません）。另一句概括起来，就是日本因为失
去自信而不能接受中国、韩国的崛起。这句话恰恰点出
了日本当下的"心病"。考虑到二〇一五年是日本战败
七十周年，村上上面的发言明显带有牵制不无历史修正
主义倾向的"安倍谈话"的用意。而时隔不到两年出版
《刺杀骑士团长》即是用故事的力量进行抗争的一次最新
尝试。这也让我想起二〇〇八年十月二十九日第二次见
村上时他当面对我说的话："历史认识问题很重要。而
日本的青年不学习历史，所以要在小说中提及历史，以
便使大家懂得历史。并且只有这样，东亚文化圈才有共
同基础，东亚国家才能形成伙伴关系。"

　最后，我想以二〇〇九年我以《作为斗士的村上春
树——村上文学中被东亚忽视的东亚视角》为题发表于
《外国文学评论》的论文中的一段话结束这个话题：村上
文学中最具东亚性和启示性的东亚元素、东亚视角似乎
没有得到充分关注和深入研究——那就是村上对近现代
东亚充满暴力与邪恶的历史进程所投以的冷静、忧郁而

犀利的目光。他对暴力之"故乡"的本源性回归和追索乃是其作品种种东亚元素中最具震撼性的主题，体现了村上不仅仅作为作家，而且作为人文知识分子、作为斗士的良知、勇气、担当意识和内省精神。特别是，由内省生发的对于那段黑暗历史的反省之心、对暴力和"恶"的反复拷问，可以说是村上文学的灵魂所在。它彰显了村上春树这位日本人、这位日本知识分子身上最令东亚人佩服的美好品质。

那么，这部长篇此外还有没有不同于以往之处呢？这就要谈我所想到的另外两点。只是这两点都远远不够成熟。一点关于理念。理念是整部小说的关键词，第一部的名称即是"显形理念篇"（顕れるイデア編），正文有时释之以"观念"。"イデア"是希腊语"idea"的音译。"idea"是柏拉图哲学的核心理念。柏拉图由此提出"三张床"命题。第一是"idea"即理念世界，乃一般情况下无法看见的世间万物的原型。第二是现实世界，各类工匠、手艺人制造的所有东西都是对万物原型的理念的模仿。第三是艺术世界，这是对现实世界的模仿，由此构成关于世界的虚幻镜像。在《刺杀骑士团长》里面，骑士团长是"idea"（理念、观念）的化身，以"idea"自称；"我"及其他出场人物及未出场人物制造的所有东西自是现实世界。其中免色涉的白色洋房和"我"发现《刺杀骑士团长》那幅画的别墅，尤其似并非井的方形地洞或可视之为对"idea"原型的模仿。而绘画《刺杀骑士团长》和"我"创作的所有肖像画又是对现实世界的模仿或艺术再现，抑或隐喻（metaphor, 希腊语 metaphora），小说第二部的名称即"流变隐喻篇"。由是观之，整部小说的构思未尝不可以说来自柏拉图的"三张床"命题，或者说是"三张床"的文学演绎。而这点，我以为应该是在很大程度上有别于迄今村上作品的又一新意所在。

另一点或第三个新意，在于结尾的处理模式。如村上本人日前接受采访时所说："我的小说几乎全是开放式结尾（Open-end），或者说故事是在开放当中结束的。而这回我觉得有必要来一个'闭合感觉'。主人公最后同孩子一起生活，这向我提示了一个新的结论。"问题是，这个孩子有可能不是"我"的孩子——在时间上应该是妻子外遇的结果。自不待言，这对任何男人都是极其敏感而要命的一点，关乎男人尊严，关乎亲情，关乎坊间议论，绝非儿戏。然而"我"主动提议回到妻子身边（尽管妻子提出离婚并寄来离婚申请书），同尚未出生的孩子——"无论其生物学意义上的父亲是谁"——共同生活。

不言而喻，这并不是作者随意为之的戏剧性结尾，更不是要搞哗众取宠的噱头。行文至此，不由得想起前不久看到的历史学家汤因比与日本佛学家兼社会活动家池田大作的对话:"池田:正如博士(指汤因比)所说,为了使生命成为事实上真正有尊严的东西,还需要个人的努力。汤因比:那就要看在多大程度上把慈悲和爱作为基调。"众所周知,诉求个体尊严是村上文学一个极重要的主题。而小说的这个结尾,明确显示他要"把慈悲和爱作为基调",来让个体生命具有真正的尊严。同时为日本与东亚关系的迷局指出了唯一出口:慈悲与爱。"相互仇视没有任何好处!"

不过,作为已经译了村上四十几本书的老译者——尽管我是不是这本书的译者尚有待确定——阅读当中更吸引我的,莫如说是村上一如既往的独特文体或行文风格。那种富于音乐性的节奏感、那种韵味绵长的简约、那种不动声色的幽默以及别出心裁的比喻,无不让人倏然心喜,怦然心动,悠然心会。且容我就比喻句试举几例:

△她拿在手里,眯起眼睛,就好像银行职员鉴定可疑支票笔迹时那样久久盯住不放。

△他以温和的语声说道,简直就像对脑袋好使的大型犬教以简单的动词变化。

△他的双眼如冬天忐忑不安的苍蝇那样急切切转动不已。

△云隙间闪出几颗小星。星看上去像是迸溅

的冰碴。多少亿年也没能融化的硬冰，已经冻到芯了。

　　△（他）缓缓移步走来门前，按响门铃，简直就像诗人写下用于关键位置的特殊字眼，慎重地、缓慢地。

　　△别说话语，声都没出一声，简直就像舌头被谁偷走了似的。

　　怎么样，好玩吧？批评家哈罗德·布鲁姆在《史诗》前言中道："关于想象性文学的伟大这一问题，我只认可三大标准：审美光芒、认知力量、智慧。"我当然也认可。审美光芒，关乎美，关乎艺术；认知力量，关乎主题、内容和思想穿透力；智慧，关乎聪明、好玩、创意与修辞。对于译者和大部分读者而言，后者可能更是使之忘倦的魅力。

2017 年 4 月 9 日

超验性：村上与阿来

　　拙译村上新长篇《刺杀骑士团长》的全面发行，更使得村上文学成为热门话题，接得的读者来信也随之增多。

　　诸位或许不大相信，我所接得的大量读者来信中——尤其在手机短信、私信、微信还没出现的几年之前，每星期都要接得好几封读者来信。说实话，那时也是因为我的日子还没过得这么兵荒马乱、神鸦社鼓，所以给读者回信成了我一项不大不小的任务和乐趣——您猜哪部分读者所占比例最大？高中生！尤以高三女生居多，偶有初中生甚至小学生。而且，较之大学生和白领等年轻人更多关注孤独感、疏离感等心灵处境的表达，高中生们关注更多的，毫无疑问是修辞，尤其比喻性修辞。

比如沈阳一位高二男生信中说他"对村上的比喻感到无比的震撼。真的好久都没见到这么贴近生活的细腻的句子了。看书时我用笔将所有可爱的比喻句画下来，那真是一笔不小的财富"。徐州一位高二女生还举了三个"奇特、独树一帜的比喻"例句："被他盯视起来，我觉得自己好像成了空荡荡的游泳池／水银般静止的空间里／犹如温吞吞的果冻。"并且说："如果说村上是一个魔术师或催眠师，我觉得一点也不为过。"

那么就请允许我再接着找几个比喻例句一起品味一下。例如关于笑的：

○女孩们如同做牙刷广告一样迎着我粲然而笑。

○五反田无力地一笑，笑得如同夏日傍晚树丛间泻下的最后一缕夕晖。

○一种令人眷恋的亲昵的微笑，仿佛时隔好久从某个抽屉深处掏出来的。

○嘴角漾出仿佛即使对刚刚形成的冰山都能以身相许的温暖的笑意。

○嘴角浮现出俨然出故障的电冰箱的怪诞的微笑。

○警察的笑法总是一个模式，唯独有希望拿到养老金的人才会有如此笑法。

再看关于眼睛、眼神方面的：

○接下眼镜，那对眼睛犹如从月球拾来的石子一般冰冷冰冷。

○袋鼠以才华枯竭的作曲家般的神情定定看着食料箱里的绿叶。

○（绿子）眯细眼睛（看我），眼神活像在眺望对面一百米开外一座行将倒塌的报废房屋。

○男子用兽医观察小猫跌伤的前肢那样的眼神，瞥了一眼我腕上的迪士尼手表。

○她略微噘起嘴唇，注视我的脸，那眼神活像站在山丘上观看洪水退后的景象。

○他先看我看了大约五分之一秒，活像在看门口的擦鞋垫……

○两人久久地相互对视。并且在对方的眸子里发现了遥远的恒星般的光点。

○她拿在手里，眯起眼睛，就好像银行职员鉴定可疑支票笔迹时那样久久盯住不放。

怎么样，这些比喻够有诗性的吧？够好玩的吧？汪曾祺说过，写小说就是写语言。而比喻无疑在语言或文体中有独特的作用。余光中甚至说："比喻是天才的一块试金石。（看）这个作家是不是天才，就是要看他如何用比喻。"那么，村上是如何用比喻的呢？仅就这里的例子来说，至少有一点不难看出，村上用来比喻的东西起码有一半是超验性的，因而同被比喻的经验性的人或物之间有一种奇妙的距离，而诗性恰恰蕴含在距离中。也就是说，从经验性、常识性来看，比喻的和被比喻的几乎毫无关联。而村上硬是让它们套上近乎，缩短其距离，从中搜出一丝陌生美，一缕诗性。在小说中，诗性有时候也可理解为意境和机趣、情趣、风趣。必须说，这正是村上文体或语言风格的一大特色。

关于超验性，去年阿来在北大中文系演讲时有一段相当不错的表述："其实一个作家好与不好，对我来讲，首先就是语言能力，写出新的语言质感的能力。这方面有个误区，不知从什么时候，我们把写得特别顺畅当成一种功夫。结果造成了很多过于平顺以至于油腔滑调的语言。这个相当令人讨厌。文学不能只是叙事忧物，文学语言的标准也不仅仅是生动凝练之类。语言还有更强的功能，更高的目标。不光是呈现经验，复制经验，而要依靠语言，创造出新的经验。这些经验是审美意义上的，是生命意义上的——也就是所谓哲理、启喻。"与此相关，阿来还对以下现象表示担忧：讨论文学大多集中在文本意义上的阐释，而对文本依赖的语言几乎不做真正的研究。而过度地在社会学意义上探寻文本的价值，有时反而造成文本的苍白与空洞。阿来最后强调：

"对写作者来说，真正的，甚至唯一的问题依然是，他必须创造一套新的语言，找到一套新的表达方式。"（参阅《语言的信徒——在北京大学中文系的演讲》，载于《散文选刊》2018 年 3 月上半月刊）

细想之下，村上的小说之所以能在中国持续走红二十多年，除了故事有趣，还在于文体的力量，用村上的原话来说，就是"文体具有普世性渗透力"。可以说，文体的力量也就是"文"的力量，"言之无文，行而不远"。而我国之所以没能产生村上春树那样全球飘红的作家，甚至在中国本土大面积飘红的作家也很少见，其原因固然许许多多，但我们的作家还没找到有独特质感的新的语汇或修辞来表达这个新时代的新感受至少是一个原因。也就是说，我们可能仍在沿用老套的、用得烂熟甚至"油腔滑调"的语言进行写作，以致在某种程度上出现苏珊·桑塔格所说的"感受分离"。于是村上乘虚而入，进入这样的错位空间，满足了以城市年轻人为主的众多读者的文学审美感受和新型娱乐消费的双重需求。

在这个意义上，我们的教育，特别是中小学语文教育，是不是应该在审美方面动更多的心思、花更大的力气？是的，李白哪一年出生，李白是不是汉族并不重要，重要的是"床前明月光"。柳永跟多少女孩厮混过也不重要，重要的是"杨柳岸，晓风残月"。跟你说，一个柳永，一句"晓风残月"，顶十个诺贝尔文学奖都绰绰有余！校内校外，我跟学生不止一次地说过，作为中国人，假如不懂宋词之美，那可真是亏大了，简直是致命损失。而这在根本上取决于中小学语文教育，尤其语文教育中的修辞审美教育，美的教育！

2018 年 3 月 25 日

村上春树："不入虎穴，焉得虎子"

无论公历还是农历，今年都是个好年头。

公历二〇二二——2022，有幸邂逅三个"2"——三个"爱"，一生中肯定仅此一次。"仁者爱人"，爱是人世间最美好的情感，也是人类自救的唯一"疫苗"、唯一处方！

农历，岁次壬寅，虎年。虎虎生威，如虎添翼，龙腾虎跃，虎啸龙吟，"气吞万里如虎"……

虎的故事不知几多。有也凑趣讲一个，讲我翻译的村上与虎，与中国东北小老虎的故事。

一般人以为村上没来过中国。实则不仅来过，而且来了两个星期。时间是一九九四年六月。路线是经大连、长春、哈尔滨、海拉尔去内蒙古新巴尔虎左旗，去那里考察诺门罕战役遗址。村上一向喜欢动物，途经大连时看了大连动物园里的猫："猫弓成一团静静睡着，眼皮全然不睁，看样子睡得甚是香甜。"途经长春时去动植物公园看了猫的大师兄老虎，还抱着小老虎来了张合影。起因是虎山后面竖有一块牌子，上面写道"抱虎照相"，费用十元。村上君立马来了兴致，"十元才相当于一百三十日元。有句话：'不入虎穴，焉得虎子。'出一百三十日元就能抱上真正的虎子，真个十分了得，不愧是中国。"

本以为虎子顶多猫那么大，而看了饲养员抱来的虎子，村上顿时心里发慌："胳膊都比我的粗得多，牙齿也长得和大虎没什么两样。若给它咬上一口，大有可能忽地咬出一个洞。……果不其然，虎转到脖后准备咬我。来中国被虎咬了如何得了！我从背后死死抱着扑扑腾腾的老虎，由对方照了相。"相片我看过，村上的确一副畏敌如虎的样子，脸绷得紧紧的，视线直直的，大气不敢出。《挪威的森林》里的渡边君倒是忽悠女生说：爱你的感觉就像抱着小熊在长满三叶草的山坡上玩了一整天。而村上本人的胆量全然比不上他笔下的主人公。就兽性发作而言，小黑熊和小老虎没什么区别的嘛！

顺便禀报，我也抱过虎——一只名叫"虎虎"的狗。狗假虎威？半个世纪前的事了，念小学五六年级的我养了一只狗。一身黑毛，仅眼窝那里各有一小撮白毛，俗称"四眼狗"，"个头"一般。但我和弟弟给它取了个极威风的名字"虎虎"。那年冬天刚刚看完长篇小说《林海雪原》，不过我的偶像不是杨子荣，是203首长少剑波。帅，英俊，把小分队漂亮的卫生员白茹迷得好苦。我就向少剑波学习，上山打柴时把"绑腿"（宽幅帆布带）绑得紧紧的，因没有皮带，腰间扎一条麻绳意思意思，扛着长柄柴刀，时而正一下狗皮帽檐儿，昂首挺胸目视前方——可惜没有小白茹——领着"虎虎"一路正步急行。

进了山，不觉之间天色暗了下来。无边无际的原生杂木林，除了雪就是树，除了树就是雪，人影只有我和弟弟。如此置身于林海雪原，我就完全忘了自己是《林海雪原》里的少剑波——没准连小白茹也不如——心里有些怕，赶紧叫"虎虎——"。也怪，原本不知跑去哪里的"虎虎"每次都飞一般应声而至，歪脑袋蹭我的腿，伸舌头舔我的手，甚至立起前肢贴我的脸，眼神乖顺、温和而又有些凄寂。我和弟弟抱住它的脖子，把冻僵的手伸进脖毛里取暖，有时脚一滑，就一起在雪中滚下坡去……即使几十年过去的现在，我也能真切记起"虎虎"脖毛那特殊的气味和温暖。虎年，虎虎！

不过在东北话里，"虎"也有"傻"的意思，却又并非全傻，而多少带有"憨""很逗儿"的意味。我小时候那个年月，儿女到了男婚女嫁的年龄，倘有媒人上门，老人往往问一句："那人虎不虎？"言外之意，好看不好看、个头高不高都可商量，而若"虎"了，往下免谈。结婚是要生儿育女传宗接代的——留下"虎"的后代，那可是一场大麻烦。如今当然没人那么问了。如今怎么问呢？这么问：那个男的是干什么的？一个月能整多少钱？能不能在城里买房子？他爹是不是当官儿的？言外之意，只要这些"考核"过关，多少"虎"点儿也不碍事。

噢，"虎"点儿还真可能不碍事。母亲活着的时候，时常说我"虎"："你们六个就你虎！钱没少花，力没少出，心没少费，还没人夸你好。虎不虎啊？"可是就结果来说，我们六个（我有两个弟弟、三个妹妹），顶数我这个"虎"的混得风光——喏，就连新加坡的《联合早报》都找俺写稿……

2022 年 1 月 7 日

方向感和《挪威的森林》

自不待言，勤奋对于我们的人生当然重要。与此同时，差不多同样重要的，还有方向感。是的，方向感！借用《挪威的森林》中永泽的说法，那好比劳作和努力的区别：没有方向感的勤奋是劳作，有方向感的勤奋是努力。说法诚然有些玄乎，但作为感觉倒也不是不能明白。那么什么是方向感呢？一下子还真说不大好，勉强说来，那恐怕既是一种朦朦胧胧的直觉，又是一种近乎执拗的理性判断。

让我接着《挪威的森林》往下说吧！姑且让时间倒退到一九八八年。地点是广州的暨南大学，暨南大学的一九八八年。那年秋天我从日本留学回来，继续在那里任教。

回来不久，差不多同时有两家出版社找我翻译日本小说，一家要我翻译村上春树的《挪威的森林》，另一家要我翻译川端康成的《睡美人》。前者给的是正常标准稿费，后者承诺至少翻一番。不瞒你说，当时确实囊中羞涩。一个月工资不是七十九块五就是七十五块九，乡下还有穷苦的父母，所以我基本是穿地摊货站在讲台上给一大帮子衣着光鲜亮丽的港澳生侨生上课的。就算我张口就是一首诗，而要保持所谓师道尊严也好像有些心虚，自惭形秽。如此这般，究竟翻译哪本好呢？但这个纠结在看完全书后很快消解了——毕竟《睡美人》有些太"那个"了。不说别的，如果班上有清纯美丽的女生看了我译的《睡美人》，那么在课堂上他会以怎样的眼光注视站在讲台上的我这个老师呢？何况又一身地摊货！当然，要解决也容易解决，用个笔名就是，比如不是林少华而是"华少林"什么的（实际上出版社也提议来着）。

于是我又通读一遍，而且读得比较仔细，结果这回模模糊糊感觉出村上小说的两个特色。一是故事有意外丰富的内涵，尤其对个性开始觉醒、开始看重个体尊严的年轻人，可能具有微妙的渗透力和启示性。二是村上的语言风格或文体独具一格，有可能为惯常性中文表达带来一种新颖的艺术参照。而《睡美人》以及我读过的其他日本传统文学作品则不完全具备这些特色。于是我获得了一种不妨称为方向感的直觉——循此可以上路。而后来的发展大体证明这是对的。至少在我了解的文学文本之中，经由我的翻译呈现出来的村上文体是独一无二的。同济大学文化产业系教授、小说家张生说："林老师以一己之力重新塑造了现代汉语。"诚然是溢美之词，但我的译笔毕竟引进了一种带有陌生美的异质性文体，从而为汉文学语言的表达多少带来新的艺术可能。这么说，听起来难免让人觉得不大舒服，认为老王头卖瓜自卖自夸，不懂谦虚是美德。问题是，我既然卖瓜，想不自夸都不行。太谦虚没有必要，卖瓜是硬道理。

其实不单我自夸，还有他夸。例如中山大学哲学系教授、著名近代史专家、《帝国落日：晚清大变局》的作者袁伟时先生就夸过我前面说的另一点。大约二〇〇九年，《挪威的森林》在广州入选"金南方新世纪十年最受读者欢迎的十大翻译作品"。颁奖晚宴席间，我有幸同袁伟时先生相邻而坐。这位八十岁高龄的终审评委用我久违的广东腔普通话告诉我，《挪威的森林》这样的外国文学作品所表达的个性、个人主体性和个人尊严，对于我们有特殊意义——读的人多了，读的时间久了，潜移默化当中就会形成一种社会风潮，从而促进中国社会的变革和进步。他还为此举了一两个例子。喏，你看，我做了一件多么可歌可泣的事情！说白了，假如我翻译的不是村上春树，那么我肯定不会取得今天这样的成功，不会有今天这样的所谓影响。这就是方向感，方向感的作用。

2020 年 4 月 6 日

木椟窗纸上的夕晖

木棂窗纸上的夕晖

偶尔我也有聪明的时候：把本应是主卧室的大房间用作书房。并且暗暗嘲笑别人：睡觉何苦占那么大的房间？不就睡个觉吗？闭上眼，总统套间不也漆黑一团？傻气！

书房角落原来放一个小沙发，二十年坐下来，把个沙发活活坐成了沙坑，坑里足以栽一棵中等椰子树。加之年纪大了喜欢躺躺歪歪，便把沙发换成一张小床。歪在床头，一扬脸就是斜对角的阳台西窗。下午快三点的时候，日影西斜，正好斜在两扇木棂西窗半透明的窗纸上——"窗外落晖红"。每当红到四点，歪在床头看书的我哪怕再入迷，也必定把书放下，抬头盯视窗纸上的落晖：始而落晖满窗，继而大半窗，再而半窗、小半窗、一缕、半缕，最后变成左上角淡黄色的一吻。整个过程恰好十五分钟。

一天二十四小时，唯独这十五分钟如此鲜明地演示阴与阳的变化，如此完整地刻录余晖告别的身影。注视之间，我认定这是单单为了我的十五分钟——它总是让我想起遥远的故乡、故乡夕晖下的外婆……

外婆家草房的窗也是木棂窗，但不是像我书房这样左右横拉，而是上下两扇。上扇是较为细密的正方格。糊的窗纸也不同，粗粗拉拉，可以清晰看见嵌在纸中的绳头线脑和草梗木屑。下扇呢，就像个大大的"回"字，中间镶一块玻璃，四围同是木棂。夏天热的时候，上扇整个掀起，底端吊在从天花板（其实是裸露的圆木椽子）垂下的系绳木钩上。天空蓝莹莹豁然入目，白云都像要飘进屋里。如果仍嫌不够凉快，就双手往上拔出下扇。这么着，拂过野外庄稼地的风忽一下子涌满房间，涌进五脏六腑，让人神清气爽。

记得上初一那年暑假，我拎着二斤名叫槽子糕的老式蛋糕替母亲去外婆家看望外婆。坐绿皮火车坐到县城，然后沿大路小路步行三四十里，到外婆家已是黄昏时分。外婆问："饿了吧？"随即打开土黄色草纸包，小心拿起一块槽子糕递给我。那是我出生十几年来第一次吃得这么香的东西，简直从脚后跟一直香到头发梢。说实话，日后我不知吃过多少花花绿绿、形形色色的蛋糕，但全都比不上从小圆槽子里倒出的马蹄形槽子糕。

质朴、自然、纯正，小麦、玉米、老母鸡蛋——天地间原始的芳香！

在外婆家住了好几天。记得一天傍晚，夕晖从木棂窗斜射进来，斑斑驳驳落在迎窗的炕席上，也落在有些佝偻的外婆身上。外婆从炕柜里拿出针线篓，又掏出好些布块儿和棉絮什么的。当时我正坐在炕沿上侧身看墙上糊的《中国少年报》上"知心姐姐的话"——肯定是同上初一的表姐糊的——外婆叫我小名，要我把线穿进针眼里。"老了，姥姥老了，眼睛花了，不中用了……"外婆喃喃地自言自语。我问外婆做什么，外婆说："给你做一件棉坎肩。"说罢停了一会儿，"不是给你做，是帮我闺女做啊，我那闺女……"外婆低着头，声音越来越低。接着，外婆把那些布块儿铺在炕上，大致铺成坎肩形，拿起剪刀，又拿起针线……

外公去世早，我没见过，不知长什么样。外婆出身于大户人家，和外公之间没有儿子，只我母亲这一个女儿。家境还好，母亲——少女时代的母亲相当漂亮——在伪满时期念过书，学过作为奴化教育的日语。出嫁嫁给我父亲后，日子一直过得紧紧巴巴。生我那年母亲才二十岁，接下去是我两个弟弟、三个妹妹。不说别的，光这六个小孩儿就掏空了母亲的青春、母亲的身体、母亲的一切。母亲所以打发我来看望外婆，一个说不出口的原因，是没有一条能穿出家门走亲戚的裤子。

外婆能不知道吗？可知道又能怎么样呢？外婆因没有儿子，外公去世后过继了外公弟弟的儿子，我叫大舅。舅母去世那年，大我一岁的表姐刚刚满月，由外婆屎一把、尿一把拉扯大。表姐上面还有两个姐姐、一个哥哥，一家子吃喝拉撒都靠外婆一个人忙活。我大舅毕竟不是她的亲生儿子，表姐她们自然也不是亲孙女。外婆的处境可想而知——给我做坎肩都是趁大舅去生产队干活和表姐不在的时候做的，还特意叮嘱我："可别告诉你表姐她们……"

那件棉坎肩穿了多少年呢？至少，去省城上大学时还穿着，像温暖的夕晖一样陪我度过了四个寒冷的冬天。

外婆早已不在了。夕晖还在。是的，书房木棂窗纸上那十五分钟的夕晖，绝对是为我出现的夕晖，仅仅属于我的夕晖……

　　　　　　　　　　2022 年 1 月 8 日

田园将芜胡不归

"田园将芜胡不归？"田园快要荒芜了，怎么还不回去？陶渊明这样问道。问谁呢？问自己。于是，当了八十多天彭泽县令的四十一岁的他，当天便把前来巡视的督邮大人晾在一边——倒是没像张飞那样把督邮绑在树上抽一顿柳条棍——毅然挂冠而去：俺不跟你玩了！不就五斗米吗？不就七品芝麻官吗？

而今，陶渊明开始问我们了：田园将芜胡不归？是啊，胡不归？有的村子十室九空，田园一片荒芜，我们该如何回答陶公呢？前不久一位相当有名的"三农"专家回答了：城里人归乡、下乡将是大势所趋。因为许多城里人厌倦了城市喧闹紧张的生活，开始向往农家小院、田园风光：大黄狗、老母鸡、石板路、木棂窗、花草拥径，瓜果飘香……宁静、从容、安详。一句话，有益于身心健康。

　　可问题在于，能去乡下生活的人会是哪些人呢？漫说"七品"县官，即使普通科员，也断不可能"挂冠而去"。说到底，只能限于退休人员。而退休人员也未必都能像陶公那样"载欣载奔"踏上归程。不错，我们这代城里人有不少是当年通过考大学从乡下进城的，有人在乡下老家还有老屋或宅基地。即使城里出生的人，也有不少人因"上山下乡"而对田园怀有别样感情。但若真要回乡或下乡居住，事情可就没那么简单了。我身边就有几位农村出身的退休同事，闲聊之间也曾问起"胡不归"，回答多种多样。有的说老屋闲置多年快塌了，索性仨瓜俩枣卖了。新盖一座吧，政策又好像不允许。有的说父母过世了，回去没"扑头儿"了，兄弟姐妹哪怕再热情，住起来也不方便。还有的见我年年暑假回乡，就问："你老家没苍蝇蚊子？我老家苍蝇比饭粒儿还多，人没吃它先吃了。蚊子就更不得了，嗡嗡嗡嗡，活像一大群微型无人机……"也有的对乡下七大姑八大姨唯恐躲之不及："这个借钱，那个吃请。今天乔迁之喜，明天'百日'宴席……"胡不归？如何归！

　　不过凡事皆有例外，我就是个例外。十几年来，年年归，暑假必归，归心似箭。那是每年一个期待、一个念想。苍蝇？苍蝇绝对不多。偶尔从串珠门帘钻进一二"稀客"，闲得发慌的苍蝇拍正好派上用场。蚊子嘛，一次网友在微博上留言问及，我开玩笑回复：蚊子在俺家乡是"四级Ａ类"保护动物，落在鼻子尖上都不许打，任凭它在眼皮底下——真真眼皮底下——满载而飞。真的，不是开玩笑，蚊子的确少而又少。去年归乡足足住了两个月，鼻尖完好无损。

七大姑八大姨？我都这把年纪了，姑姨可想而知。走动勤的多是弟弟妹妹们："哇，大哥回来了，快去看看！"对了，去年区政府在我长大的村里专门建了"林少华书屋"，不只"七品"的区委书记和长春市委宣传部部长亲临揭牌，弟弟妹妹们也奔走相告，呼朋唤友，皆来捧场。我从台上致辞下来，纷纷朝我竖起大拇指："哎呀大哥，以为你看书看傻了，哪里傻了?! 讲得贼带劲儿（棒极了）……"随即杀鸡摆酒，吆五喝六，一醉方休。至于左邻右舍随礼红包，一次二三百元足可搞定。何况平日力气活少不得要人家帮忙，如此有来有往，皆大欢喜。倘因赶稿怕打扰，挂起"免战牌"就是——有一年赶译村上的《刺杀骑士团长》，我就让大弟打电话通知大家一个月内不要登门——"结庐在人境，而无车马喧"，休说"骑士团长"，"骑士军长"又何足道哉！

房子也无须新盖。说实话，老屋早被采石场占了没了，我就在相距八九里的小镇边上买了一座。迎门一大架葡萄，浓荫匝地，别有洞天。几间大瓦房，端端正正，满屋阳光。前后左右，宽宽敞敞。近处种菜种花，稍偏一片玉米，四周遍植果树：桃、李、杏、梨、海棠、樱桃、山里红。篱笆外栽山杂木：榆、柳、白桦、核桃、蒙古栎、五角枫……十年栽种下来，花香树色，郁然秀茂，蜂飞蝶舞，鸟语虫嘶，加之晨曦玉露，日暮炊烟，入夜满天星斗，四野银辉……如此田园，岂能不归？！

"良田三二亩，桃花四五枝。朝霞堂前燕，落日枕边书。"谁写的诗来着？其实，谁写的不重要，重要的是写出了我们的魂之所依、心之所系，写出了精神田园！

归去来兮，田园将芜胡不归？

2022 年 3 月 10 日

天边，天边那条线

我被眼前的风景惊住了，吸引住了。一片平整整浅黄的大豆、一方齐刷刷墨绿的玉米、一排直溜溜苍翠的松树，距离由近而远，层次由低而高，颜色由浅而深。上面是雨后纯净的青空和绵软的白云。平畴，远树，云空。我的目光最后落在那行松树上，盯住树冠底端同玉米田之间的那条直线。细若游丝，亮比晨曦，一端被高大的树丛接住，另一端隐没在更远的远方。天空的镂雕！空灵，迷离，神秘，邈远。我恨不得一口气跑去线的彼侧察看还有什么——晶莹的小溪？缥缈的炊烟？挎篮独行的村姑？追逐嬉闹的"红领巾"？

然而我的脚步停了下来，思绪也随之停了下来，并且缓缓退回往昔。此侧的这里，九台区兴隆街道，我出生的地方！相距七八里，应该就是我出生的那座不大的村落。半个多世纪前一个秋霜满地的清晨时分，随着母亲亲手剪掉脐带的"咔嚓"声，我来到这里，来到关东平原上一个再小不过的点。五岁之前的很多时候，朝朝暮暮，我大体是看着这样的风景度过的。也就是说，它是我心中的原生风景。而这幅风景在漫长的岁月中、在坎坷的旅途和琐碎的日常生活中早已被遗忘在什么地方了，甚至是否曾在我的心间驻留过都未能意识到。而此刻——无意中驱车途经的此刻，它被眼前倏然出现的景象唤醒了、激活了，就像久睡初醒的孩儿张开双手向我扑来，又如暌违经年的初恋情人问我："你可还认识我、记得我？记得我曾在你的生活中存在过？"激动之余，一阵感伤……

突然，手机开始颤抖，和我同车来的弟弟说他在"农家乐"餐馆里要的酒菜都上来了，催我快回去吃："一个人逛什么呢？再不回来菜都凉了！"我老大不情愿地退回原路。饭后返回现今居住的半山区小镇。

返回过了一天。一天当中我总是想那幅风景，那幅风景也在想我也未可知。神奇的邂逅，物我的交集，再现的童话，乡愁的原始凭依。尤其那条线，那条大地与苍穹之间微乎其微的缝隙，吸走了我的幽思、我的遐想、我的魂灵。翌日，我再次驱车一个小时赶去那里。弟弟和司机站在爬满牵牛花的柴草垛前吸烟聊天，任凭我自己沿着田间小路独自前行。那幅风景重新出现。不同的是，这回是晴天，毫不含糊的晴天，所以没有云絮，天空一片湛蓝，那道缝隙成了一条蓝线。更细了，恍恍惚惚，若隐若现，像极了世界的另一端。蓦地，我想起另一端是外婆家，外婆家所在的村庄。

于是继续驱车前行。沙石路，路旁洋姜花开得正盛，一丛丛、一堆堆，金灿灿、光闪闪，如无数个在地面开座谈会的小太阳。牵牛花则如顽皮的孩子爬树一样爬上垄头的玉米青纱帐，炫耀似的朝天吹响一支支小喇叭，紫色的、粉色的、蓝色的、白色带条纹的……一转眼，看见一株向日葵在阡陌荒草间"独树一帜"。看样子已经过了青春期，圆盘增加了分量，无法随时"向日"了，但仍朝太阳微微侧脸致意。孤傲，憨厚，不违初衷。快到那条线跟前时，我放慢脚步。的确是松树，一排落叶松。一般般高，一般般绿，一般般直，俨然排成一列纵队的仪仗队，沿着无边无际的玉米田气昂昂排列开去。假如我像当年当民兵连连长时那样喊一声"齐步走"，说不定会一齐踢出左脚。再看那条线，到底堪称奇迹。倘若树冠底端再往下伸一点点，或玉米上端再长高一点点，那条线势必消失不见——二者就像商量好了似的留出一道狭窄的缝隙，留出一条通透的天际线。天造地设，鬼斧神工！

幸亏弟弟记得外婆村庄的名字，一路打听着朝那里开去。也巧，车最后一停就是那座村庄，就是外婆老屋附近。经村民指点，我找到了老屋所在的具体位置，外婆早已不在了，房子也早已易主。记得我最后一次来外婆家是念初中的一九六六年。更小的时候来过好几次。站在院门外盯视之间，院内的砖瓦房幻化成了当时的茅屋——糊着表姐订的《中国少年报》的土墙；上下对开的木棂窗；迎窗的炕，炕上坐着的外婆。外婆正眯缝着眼睛，一针一线地给我做棉坎肩。是的，那件棉坎肩我上大学后还一直穿着。在东北寒冷的冬天不知给了我多少温暖。同样在这座茅屋，我吃过外婆用切细的南瓜花梗炒的鸡蛋，吃过我带给外婆而外婆硬让我吃的槽子糕。那是我有生以来第一次吃槽子糕，至今仍记得那种天旋地转般的香……

是的，曾经的茅屋也是母亲二十岁出嫁前住的地方。至于母亲在这里度过了怎样的少女时代，有过怎样的欢乐、怎样的忧愁，有没有暗暗喜欢过的异性，在母亲去世十一年后的今天，都已无从知晓了。但有一点可以断定，母亲是所谓"漏划地主"的独生女，家境绝不贫寒，未尝不可以说是小家碧玉。而当二三十年后已是六个孩子的母亲的她从几十里外小山沟里的另一座茅屋回来探望生病的外婆的时候，她身上穿的是从邻院借来的裤子……你说，那种景况下相见的母女该是怎样的眼神、怎样的心境啊！

我把自己从往日回忆中拖出，依依离开院门，沿门前的路朝南走去，路缓缓爬上徐徐高出的南岭。不错，当年外婆天没亮时让我搭坐生产队（屯）进城的马车回家走的就是这条路。马车已经爬上南岭了，远了，可外婆仍没回屋，在冷风中背对着窗口如豆的灯光望着马车，望着马车上的我……想到这里，我的眼角有些发热。外婆去世四十多年了，我不知她的坟在哪里，听说已在平坟运动中消失了。我不由自主地跪在地上，喊道"姥姥，外孙看您来了……"

几天过去了。几天过后想来，我不能不感谢那幅原生风景，尤其感谢那条神奇的线，是那条线把我和外婆、我和母亲、我和儿时记忆连在了一起……

2018 年 9 月 19 日

暮色，篱角，翠菊花

曾有媒体以"故乡，我的爱只有三天"作为主题，就春节返乡潮语境中的"故乡"做过大面积报道。报道的核心大约是：家乡有如画风景，家乡有诱人美食，家乡有漂亮的姑娘和帅哥，说不定还有父母备下的一两套房，但我们还年轻，要这些做什么？

那么我的故乡呢？我祖籍山东蓬莱。若以出生地论，故乡则是东北一座小镇的小山村。风景算不上多么如画，无非随处可见的山沟沟罢了；诱人美食？记忆中最美的食物是母亲做的韭菜炒鸡蛋，而在母亲离开人世的今天，韭菜和鸡蛋固然有，但没人能炒出那个味道了；至于漂亮的姑娘和帅哥，实不相瞒，在我的故乡，与之相遇的运气，恐怕仅仅高于同时遇见月全食和日全食的概率。况且，纵使遇见又怎么样呢？离开故乡时我也还年轻——说是帅哥也未尝不可——并非完全没有漂亮的姑娘投来别有意味的一瞥。可如今呢，记得某日有一位偶遇的漂亮姑娘叫了我一声"老大爷"（老伯），借用鲁迅《故乡》里的话，叫得我的心禁不住悲凉起来了。这就是我的故乡！

有网友@我："和林老师为邻的乡亲一定很自豪很幸福吧？"再次实言相告，若在北上广，演讲会场可能山鸣谷应一座难求；而在故乡小镇，我估计一个"粉丝"也没有，一"粉"难求。乡亲们倒是大多晓得我是大学教授，但教授的品牌效应未必在小镇派出所所长之上，所以没有人投以多么敬佩的目光。我译的书、我写的书也几乎无人知晓。小镇没什么人看书。"麻友"尤其不待见书（输）。村上春树？村子上头春天栽的那棵树？挪威的森林？挪威的森林有没有蘑菇采？此外还有一点，那就是乡亲们在整体上对老师似乎没有多少好感。前几天一位乡亲问我能不能见到本地教育局局长。问其故，对方说若能见到，希望我问问为什么老师上课讲的东西水水的，课外补习时才来干的。听了，我的心里再次涌起悲凉。对此我能说什么呢？我能说大学老师不那样，至少我这个老师不那样吗？这就是我的故乡！

然而我还是要回故乡，爱故乡，岂止三天，三十天也不嫌多。往年几乎整个暑假我都泡在这乡下，今年因为事多，以至三进三出。第三次返城，忙完杂事后就快到中秋节了，犹豫再三，最后还是一咬牙告别家人，独自回到如此这般的故乡。这是为什么呢？

为了乡下的花花草草！就说这第三次回乡吧，主要是为了看墙根那株百日草，看篱角那几丛翠菊。

是的，墙根，南窗下的墙根。房子好多年了，墙根的水泥防雨带开裂了，从中长出一株百日草。八月中旬第二次回乡时，随手扔树枝时把它弄折了。贴根折了一下，拦腰折了一下。我以为活不成了，不料几天后它开始慢慢起身。细看，两处折痕结了疤，疤越结越大，直到把它整个撑起，撑直。过几天再看，花枝顶端鼓出了骨朵，始而小米粒大小，继而黄豆粒大小，再而纽扣粒大小，圆溜溜、胀鼓鼓、紧绷绷，简直是含苞欲放的活的注脚。即使离乡在上海参加书展活动那几天，眼前也不时闪过它那倔强的样子。这么着，上海日程一结束，我就奔回乡下。已经开了，果然开了！一溜笔直的墙根，一面灰白色的水洗石墙，中间只点缀那么一朵。粉红色，粉红粉红。重瓣，重重叠叠。金黄色的花蕊如少女羞答答的眼睫毛，围着正中间瞳仁般的绛紫色花芯。尤其在"斜阳却照深深院"时分，那孤独而修长的身影，那寂寥而执拗的摇颤，每每吸引我与之静静对视良久。

此外特别吸引我的，是后院篱角的那几丛翠菊。木篱笆，外侧是一行山杂木，里侧靠近房子后墙这边是一排果树，中间是两三米宽的长条空地。往年长的是荒草，今年春天我随手撒了几把翠菊籽。只草草割过一遍草，谈不上侍弄，差不多仍只见荒草不见花苗。而现在呢，始而零零星星，继而斑斑点点，再而丛丛簇簇，在荒草中仰起一张张小脸，粉色的、紫色的，间或白色的。大多一枝单挑，狗尾巴草梗般细细的长茎直挺挺挑出圆圆的一朵。也有的好像担心再不开来不及了，枝叶刚蹿出地面就忙不迭绽开娇好的笑脸。不过到底秋天了，少了春夏花季蓬蓬勃勃的生机和随意挥洒的冶艳，而显得内敛、含蓄、羞赧，甚至带有几分怯懦。尤其暮色降临时分，但见几缕淡淡的夕晖透过木篱间隙静悄悄舐着花枝，光影斑驳，扑朔迷离，烘托出一种寂寥之美、萧索之美，清秋之美。"悠然心会，妙处难与君说。"

说来也怪，院子里也有一排排争妍斗艳的百日草，也有一方方雍容华贵的翠菊花，而我却对那墙根那一枝、篱角那几丛情有独钟——莫非因为老了？

2018 年 9 月 22 日

从"《围城》二世"到本土《瓦尔登湖》

有件事你说怪不怪，四十年来我厚厚薄薄翻译了不止一百种日本小说，而且大部分是名家名作，从夏目漱石、芥川龙之介、川端康成到村上春树，从《我是猫》《罗生门》《伊豆舞女》到《挪威的森林》。而我，翻译这么多小说的我却横竖写不出小说。散文、随笔已经长长短短写了六七百篇，但小说彻底"零"，零生产、零销售、零库存。俗话说照葫芦画瓢还不会？可我偏偏不会——葫芦累累下垂直碰脑袋，而半个葫芦的瓢却没有。守着葫芦没瓢使，说极端些，岂不等于守着银行没钱花？守着粮仓没饭吃？守着女校找不着女朋友？

何况又不是要写《西游记》《官场现形记》或村上君的《寻羊冒险记》，我不过是要写自己熟悉且本人即是的教授——自己本身就是葫芦，"自画像"还画不出？

说起来，俺是一九九八年混上的教授，而副教授应从一九八五年起算，并且是破格提拔，是人口第一大省广东省当时最年轻的文科副教授，破格第二天名字就出现在《羊城晚报》第一版上，一时风光无两。

自那以来就在副教授、教授堆里讨生活。其中，白发苍苍德高望重者有之，秀发飘飘风韵犹存者有之，堂堂正正踌躇满志者有之，蝇营狗苟才不配位者亦不乏其人。或见贤思齐，或见异思迁，尔来三十七年矣。荣辱浮沉，朝晖夕阴，闭目沉思，历历如昨。人物呼之欲出，细节蜂拥而来，语句活色生香，于是心中暗想，钱锺书先生能以一部《围城》让民国教授个个入围跃然纸上，我难道就不能为共和国教授谱写篇章来一部"《围城》二世"？

况且，按村上的说法，写小说似乎比翻译轻松得多："写小说的念头出现可以锁定在一个时刻：1978年4月1日下午1：30左右。那天，我在神宫球场的外场席一个人喝着啤酒看棒球赛。……我歪在草坪上，一边啜着啤酒仰望天空，一边悠然自得地看球赛。……第一击球手希尔顿（从美国新来的年轻外场手）打出左场线，球棒不偏不倚迅速击中飞球那尖锐的声音响彻整个球场。希尔顿飞快绕过一垒，三步两步跑到二垒。'好，写小说好了！'——就在那一瞬间我动了这个念头。一碧万里的天空，刚刚返青的草坪的感触，球棒惬意的声响，这些我现在都还记得。那时，有什么从天空静静飘落下来，而我把它稳稳接在手中。"在我的阅读范围内，类似的话村上至少说过三次。喏，写小说多容易啊！听得一声击球声响就冒出写小说的念头，就把天空飘落的"什么"接在了手里。自不待言，那个"什么"，首先就是处女作《且听风吟》。

我呢，棒球赛固然没看过，但乒乓球赛、排球赛不知看过多少次，尤其"铁榔头"郎平单手击球的声响，听起来何止"惬意"，简直让人热血沸腾、欣喜若狂。尽管如此，我却一次也不曾因之动过写小说的念头，这未能成为"《围城》二世"诞生的契机。怎么回事呢？对了，一次村上甚至忽悠说，写小说跟"向女孩子花言巧语"没什么区别。不过这好像没多大说服力。作为男人，哪个不曾向女孩子花言巧语？

那么到底怎么回事呢？村上以下说法后来让我茅塞顿开："小说是'大大的谎言'。不要忘记这一点。写小说时，我必须高明地说谎。'用虚假的砖块砌就真实的墙壁'，这就是我的工作。"这意味着，我之所以写不出小说，根本原因是我不会说谎，不会高明地说谎，不会高明地"向女孩子花言巧语"——年轻时即使会也不够高明，而年老的现在，即使再高明也无济于事了。岂止无济于事，坏事都大有可能——哼，老不正经？

"《围城》二世"无法破城突围，就此败下阵来。却又心有不甘。也巧，日前看梭罗的《瓦尔登湖》，看着看着，就像村上看棒球赛一样，忽然心生一念：好，写这个好了！写本土版《瓦尔登湖》！哲理性思维应该比不上梭罗，但对于大自然的热爱绝不在他之下。当然最重要的原因是文体。《瓦尔登湖》不是小说，不是"大大的谎言"，而是亲身经历，是在题为"我的经历"之演讲基础上写的大大的随笔式散文——用真实的砖块砌就真实的墙壁。

是的，我热爱大自然。青岛算是宜居城市了吧？可我每年夏天一定回乡下老家，归心似箭。乡居地处半山区，南面是山，北面是山，两山之间的平川有一座小镇，小镇西端有我的乡居院落。小镇不比康科德镇，没有瓦尔登湖那么大的湖，好在有个小池塘意思意思。池塘小得浮不起船，不能像梭罗那样"常常坐在船里吹笛，看着鲈鱼在我的周围游来游去"，但同样有"河生树木犹如纤细的睫毛"给池塘周边"增添了美丽的流苏"。不过最让我惬意的是蛙鸣。乡亲们睡得早，八九点钟关灯歇息，万籁俱寂了。我常常在这一时分去池塘边散步。满天星斗，一川清风，或银盘乍涌，遍地清辉。忽然，"咕呱"一声蛙鸣。旋即，"扑通"一声水响。"古池塘，青蛙入水，水声响"——较之松尾芭蕉那首俳句，我想起的更是远逝的童年，甚至地老天荒的"很久很久以前"。

而更多的感触来自乡居院落的前前后后、边边角角。前天，前天早上，仓房前紧靠墙角的水泥小道上有一朵粉色的牵牛花开了。节令还不到牵牛花季，何况开在这样的地方！蹲下细看，花朵紧贴地皮——没爬蔓就开了。想必它知道自己没有爬蔓的机会，生在水泥缝隙，又是人来人往的通道，所以只好缩短生命周期，省略成长过程，而直接朝着养育子女、留下后代这一终点冲刺。你说它怎么这么懂事呢？感动，心疼，怅惘……

书屋窗前的百日菊（百日草）一朵接一朵开了，红的、粉的、黄的、白的、橙色的，除了绿色的，几乎所有颜色都有，五颜六色，真正的五颜六色。如果每一朵上面分别落有一只白粉蝶或一只红脑袋蜻蜓加一只小蜜蜂——这样的场景绝不少见——而我正斜对着它们写写看看，所谓幸福人生，大约莫过于此了。还有，百日菊性格非常倔强，花茎笔直挺立，宁折不弯，花朵仰面朝天，绝不左顾右盼。这每每让我想起上小学时女生在"六一"儿童节表演的彩碟舞。每一只小手擎起一支细竹竿，竹竿上顶一枚彩色瓷碟，瓷碟滴溜溜旋转不止——几十只小手，几十支竹竿，几十枚彩碟，随着风琴声旋转着晃动，晃动着旋转，看得我们这些小男生大气不敢出，看完再不抓女生的小辫子了……

噢，要说的太多了，最后说两句南瓜花吧！西山墙外柴垛上爬了两条南瓜蔓，那气势，好像明天就能爬去月球背面。清晨起来一看，蔓上已然开出两三朵大黄花，如明晃晃的大太阳生出的黄艳艳的小太阳，又好像昨晚彩霞遗落的金灿灿的"边脚料"，圆滚滚的露珠在上面闪闪烁烁交头接耳……引用《瓦尔登湖》中的一句话："每一个黎明都是一份令人愉快的邀请，使我的生活跟大自然一样简朴，也可以说纯真。"

如何？我的本土《瓦尔登湖》这样写下去不会有什么大问题吧？敬请期待！

2022 年 7 月 16 日

我在监控镜头中看见了什么

　　我告别住了不止一个夏天的乡下老家返城。返城前找人安装了和手机相连的监控镜头，不是为了防盗。这里治安好，十年了，从未有小偷翻墙而入，离开时啥样，转年回来时还啥样。装监控主要是为了从青岛看这里的花。

　　时值九月下旬，院里院外仍有不少花开着，翠菊、万寿菊、百日菊、蜀葵、格桑花，在窗前，在篱角，在地头，一棵棵、一簇簇、一片片，仍开得流光溢彩、生机勃勃。

　　东面院墙内侧的那排开红花的蜀葵尤其顾盼生辉。蜀葵东端有两株并立的海棠树。说来也怪，靠近树荫的蜀葵反而长得最高，由东而西，一排一二十棵，一棵比一棵矮下去，如姚明领着一支由大学生、中学生、小学生组成的篮球队。

　　一个月来我几乎每天都专门看这蜀葵两次。上午九时许一次。我大约八点伏案涂涂抹抹，到底年纪大了，脑袋不灵光了，不出一小时便抓耳挠腮。于是掷笔于案，出门走到蜀葵队列跟前。清晨的阳光透过柳树梢头稀疏的枝叶筛落下来，斑斑点点落在蜀葵苗条的腰肢、翠绿的叶片和鲜红的花朵上。花朵虽是重瓣，但和均匀叠积的重瓣牡丹不同——外围一圈特别大，往里这几圈一圈比一圈小。这么着，当阳光从背后落下时，外围薄薄的花瓣便像面对神奇的投影仪，焕发出妙不可言的光彩，绚丽、通透、纯净、妩媚，光影斑驳，如梦如幻。而上面几颗干干净净、闪闪烁烁的晨露，多么像少女羞红的脸蛋上欢喜的泪珠！凝视之间，我一时忘却自己垂垂老矣的当下，涌起挥斥方遒的少年意气与青春激情。

　　这是一次，近看。还一次是在黄昏时分，远看。我搬一把扶手椅坐在相距一二十米远的女儿墙外与之久久斜对。夕晖从房后高大的桦树、核桃树之间铺洒在蜀葵的领地。东北春迟秋早，九月中旬忽有一夜气温降到零下，海棠树一叶叶飘落，狗尾草一丛丛枯黄，牵牛花一枝枝拢起小喇叭——四周有了秋日明显的萧索气象。然而蜀葵全然不为所动，兀自在夕晖下大大方方展示娇艳的笑脸。而且，不管多大的风都吹不折。有时被吹得几乎趴在地上了，而风一过便迅速弹起细竹竿般的花茎，得意地挑着碗口大小的花朵摇头晃脑，顽强得让人心动、心仪、心疼。

此刻，任由夕晖抚摸着憨态可掬的脸庞——橙黄色的夕晖、鲜红色的蜀葵，加上蜀葵前面那丛绛红色、深蓝色的翠菊和后面几枝屹然高出的格桑花，构成一幅那么迷人的暮秋风景啊！晚景凄凉？不，些许伤感是有的，但和凄凉无缘，有的更是温馨、婉约、空灵、多情，仿佛早已飘逝在远方而悄然归来的一个梦，一个往日憧憬。说痛快些，美！借用史铁生之语，"一切一切，不管是什么，都融化为美的流动，都凝聚为美的存在"。我甚至坚信，我一定是这个星球上以至整个太阳系里唯一面对夕晖中的蜀葵如此忘乎所以、如醉如痴的人！幸福，就是忘乎所以。快乐，就是如醉如痴。

这么着，返城第二天我就用手机打开监控镜头，急切切寻找那行蜀葵的身影。然而我看见了什么呢？我吃惊地看见大弟和一位乡亲正把割倒的蜀葵抱去院门口的电动三轮车上，"通"一声扔在杂草捆上面，继而跳上车一脚接一脚猛踩蜀葵——踩蜀葵的腰肢，踩蜀葵的小手，踩蜀葵的脸蛋儿，踩得忘乎所以，踩得如醉如痴。眼看着那正开的红色花朵被踩扁、踩碎，踩进杂草捆里……

愤怒，怒不可遏，血冲头顶。我在手机上对大弟大吼大叫："明明昨天说好等下霜后再割，可你偏偏不等，这是为什么、为什么、为什么……"我吼不下去了。他们哪里是在踩花，分明是在踩我的心脏，不，宁肯让他们踩我的心脏而不要踩花。少顷，愤怒变成了痛楚，变成了惶恐，变成了绝望。及至稍稍平静下来，我开始思索大弟他们为什么这样。

大弟是农民，小学都没毕业，尽管我们一母同胞，但对待蜀葵的方式却如此势不两立。是的，"我们每个人终其一生都生活在只有自己才完全理解的世界里"（欧文·亚隆）。恐怕也正是在这个意义上，村上才说："无论置身何处，我们的某一部分都是异乡人。"哪怕置身于生身故乡，哪怕身旁是亲弟弟……

明年我还回乡吗？

2022 年 9 月 28 日

羡慕太阳，羡慕蒲公英

记得一年多以前《夜光杯》发过我一篇小文章《一不小心就老了》。那时候，"一不小心……"差不多是句流行语，如一不小心就混上了教授、一不小心就考上了博士、一不小心就当上了处长、一不小心就有了漂亮的女朋友、一不小心就怀上了二宝……不用说，这大体是句俏皮话。因为作为惯常语感或习惯用法，"一不小心"后续的多是负面状况，如一不小心把碗打了、一不小心栽了个"狗抢屎"之类。而开始几例显然反其意而用之，"一不小心"后续的都是正面的，是令人欣欣鼓舞的好事、美事。唯其如此，也才成其为俏皮话，成其为流行语。

那么，我笔下的"一不小心就老了"的"一不小心"算是哪种用法呢？当然是传统用法，因为"老"无疑是负面状况。不否认有搭顺风车的自我调侃意味。问题是，再调侃也稀释不了个中悲凉、凄寂、无奈、意外等人生况味。是啊，有谁会为老而欢欣鼓舞呢？至少，男人年轻，可以去追女孩——一不小心就追到手了；女人年轻，可以等男孩来追——一不小心就上当了。而老了，再小心也是枉费心机，一不小心闹个晚节不保或人财两空倒有可能。

我已经老了。有一天，在一处公共场所的大厅里，有一个男人向我走来。他主动介绍自己，他对我说："我认识你，永远记得你。那时候，你还很年轻，人人都说你美。现在，我是特为来告诉你，对我来说，我觉得现在你比年轻的时候更美。那时你是年轻女人，与你那时的面貌相比，我更爱你现在备受摧残的面容。"

这样的场景诚然令人欢欣鼓舞。遗憾的是，它发生在玛格丽特·杜拉斯的《情人》这部小说的开头和同名电影的银幕上。而在现实生活中出现如此场景的概率，肯定不会高于杜拉斯在中国任何一个村庄的知名度。

老了势必考虑老了的事，比如灵魂的有无，天堂的有无。即使去年以一百零五岁高龄去世的杨绛女士这样的大智者生前也考虑过，九十六岁时写的《走到人生边上——自问自答》就集中表述了她在这方面勇敢而执着的思索。得出的答案是：人活着的时候有灵魂，至于死后有没有，因不能证实，所以存疑。存疑不意味否认。不能证实，也不能证伪，"因为上天的神明，岂是人人都能理解呢"，只能存疑。疑其有，疑其没有。作为心情，杨绛大约是希望有的。我也希望，由衷希望。这是因为，倘有灵魂，即意味着多少年之后可以在宇宙的某个地方——叫天堂也好，天国也好，瑶池也好，抑或西方极乐世界也好，叫什么无所谓——同先于自己去世的亲人相会，那是多么激动人心的时刻啊！曾经做错的，可以纠正；没做的，可以弥补；没做好的，可以做好——懊恼、遗憾、愧疚将不复存在，从而得到真正的解脱和超度。倘有灵魂，还意味着来生可能存在。有人说女儿是父亲前生的情人——不知何故，好像没人说儿子是母亲前生的情人——那么自己的来生将是别人的什么人呢？将以怎样的属性和形象重新出现在这个桃红柳绿、莺歌燕舞的世界上呢？将和谁恋爱，上哪所大学，在哪座城市以至哪个国家谋生呢？……单单这么一想便乐不可支。

在这点上，我很羡慕太阳。一如史铁生在《我与地坛》中所说，太阳"每时每刻都是夕阳也都是旭日。当它熄灭着走下山去收尽苍凉残照之际，正是它在另一面燃烧着爬上山巅布散烈烈朝辉之时"。毫无疑问，太阳是轮回的。今晚西山落下，明晨东海升起。而人呢？存疑！不过在铁生那里，存疑固然存疑，但存疑之余似乎倾向于肯定。他紧接着写道："那一天，我也将沉静着走下山去，扶着我的拐杖。有一天，在某一处山洼里，势必会跑上来一个欢蹦的孩子，抱着他的玩具。当然，那不是我。但是，那不是我吗？"如今，铁生"走下山"六年多了，那么……

在这点上，我甚至羡慕植物，所有植物，比如再寻常不过的牵牛花。每一朵牵牛花凋落后都留下一个小铃铛。小铃铛长大成熟后自行炸裂，喷出一二十粒种子，来年春天早早就会有一二十对嫩芽破土而出，重新长大，爬蔓开花。那当然不是去年的那朵花，但是，那真不是去年那朵花吗？我以为是的，真的是，无须存疑。再比如蒲公英，蒲公英的生命力更顽强、更有诗意——无数把降落伞翩翩然随风飘去，飘去篱笆的那边、路的那边、山的那边，明年不知有多少朵金灿灿、娇嫩嫩的小脸在大地上鼓眉弄眼。如果你仍然存疑，那么请看它们的母体——同一株蒲公英熬过冬天后，翌年就在乍暖还寒时节像大梦初醒一样活生生拱出地面。是不是有灵魂我不敢断定，但有轮回、有来生这点毫无疑问。

那么人呢？存疑。存疑也好。存疑，才有哲学，才有文学，才有艺术。

2017 年 3 月 6 日

青岛：宜居，宜心之居

记得村上好像说过，一个人，确保几样之于自己的东西是很重要的，如几本书、几首音乐。这同别人以至社会主流的评价无关，乃是和自己有特殊关联性的存在。它们始终温暖着自己的人生，为自己这颗茫茫宇宙中的微粒子提供持续运行的养料和动力。

于我，以书而言，那大约是山东作家吴伯箫的《北极星》、冯德英的《苦菜花》，以及《三国演义》《说岳全传》……

那么就城市来说呢？情况有些复杂。无须说，我的人生旅程已经走完了大半。曾经晨曦微露，曾经朝霞四溅，曾经日上中天，而今，已经夕阳西下，正以不可抗力滑向西方的远山或大海。在这样的旅程中，若不算海外，我主要居住过三座城市：长春居先，七年；广州继之，十七年；青岛殿后，二十年。青年、中年、中老年，具体居住点均为校园：吉林大学、暨南大学、中国海洋大学。哪里的校园都大同小异，不说也罢。纯粹就所居城市给我的归属感——之于我的城市——来说，首选应是哪一座呢？

长春？我生于吉林省九台县，乃长春的市属县，现为长春的一个区，所以也可说我是长春人。不过作为事实，我在任何场合、任何文本中都未曾这么说过。说到底，长春七年，苦读七载，除了书，除了校园里的教室、宿舍、食堂、图书馆，长春市没有什么与我有关。广州十七年，别的且不说，同外语无异的广州方言就硬生生在我和那座城市之间修了一道"隔离墙"。记忆中，好像再没有比广州人更热爱本埠方言的了，就算正和自己花前月下谈恋爱，而一旦有广州人闪出，也立马撇开普通话和讲普通话的自己。非我说谎，这事就曾发生在我身上，尽管次数不多。

于是我离开了广州，一九九九年北上青岛。

青岛最先吸引我和始终吸引我的是什么呢？喜鹊！十五年前我就写过《青岛的喜鹊》：

虽然它的叫声算不得婉转，但形象绝对可爱：体态丰满匀称，毛色黑白分明。升空时长尾巴潇洒地一甩，落地行走时两脚就像弹钢琴，极有抑扬顿挫的韵律美。而往杏花、樱花、槐花之间或合欢树上一落，更是风情万种、相映生辉。满怀欣喜，一缕乡愁都随之定格在那一瞬间了。我实在想不出人世间还有比这更撩人情思的美妙镜头。

你说，百听不解的广州方言和看得心喜的喜鹊之间，你选哪一个？我以为，一座城市也和一本书、一支歌差不多，须有激起自己心底深切共颤的元素才能属于自己，才能成为之于自己的什么。不错，青岛是世所公认的宜居城市。一般说来，宜居条件大多指的是气候、环保、建筑、交通等等。而对于我，较之这种意义上的宜居，我更想强调的是宜心——适宜作为心的居所。比如上面说的喜鹊，既能让人看得见乡愁，又能给乡愁以慰藉，堪称乡愁的隐喻——让我不由得想起关东平原上的故乡，想起故乡的老屋，想起老屋里的亲人。于是我的心得以安顿，得以安宁。说绝对些，即使喜鹊出现在讲广州方言的广州，我也可能毫不犹豫地爱上那里。

乡愁也可能和审美有关。必须说，青岛与我的审美情趣也不谋而合。是的，青岛有烟波浩渺、浮光耀金的大海，有金碧辉煌、美轮美奂的大厦，有绿树成荫、花团锦簇的大街。它们当然美，吸引人的审美眼光。不过相比之下，更让我倾心的，是青岛的清幽、洗练、萧疏、空灵，以至孤独、寂寥、落寞之美。

我在小鱼山下住过一年，福山支路28号1号楼201。院门两根水泥柱上仍嵌有"山东大学教职员宿舍"字样。窗口正对着小鱼山，对着山坡上的树。乔木、灌木，满眼、满坡，或横逸斜出，铺铺展展，或一树高挑，娉娉婷婷。参差多态，一派生机。晨间，山风送爽，鸟鸣啁啾；傍晚，半天彩霞，一缕夕晖。入夜，每每让我想起梁实秋的《雅舍》："地势较高，得月较先。看山头吐月，红盘乍涌，一霎间，清光四射，天空皎洁……"楼前院落较大，水仙、萱草、百合、蔷薇、月季、秋菊，从早春开到晚秋。尤为让我惊喜的，是那楼门旁边那棵歪脖子枇杷树，居然冬天开花，花朵密密匝匝、重重叠叠，倘有雪花纷纷扬扬、飘飘洒洒，上下交融，一时难分彼此，甚是赏心悦目，不知此季何季、今夕何夕。

周围小巷纵横，或坡路蜿蜒，或石阶相连，漫步其间，或残照当楼，或月挂疏桐，或"无数杨花过无影"，或"乱红飞过秋千去"，抑或"高城望断，灯火已黄昏"。步移景换，而人影寥寥，阒然无声，恍若另世，无限幽情、无尽遐思、无穷诗意、无名乡愁……宜居，宜心，宜心之居。可惜偶然而伤感的缘由，仅在此间住了一年便匆匆撤离。

自不待言，青岛的宜居、宜心，不仅由于这座城市的景，而且更因了这座城市的人。不难设想，假如某座城市的市民全都蝇营狗苟、叽叽歪歪、鬼鬼祟祟，哪怕景再优美，久而久之，也必定让人兴味索然。人，人中君子，是一座城市的精神标高。仅就我有限接触的作家群体来说，尤凤伟、杨志军、李洁、刘海军，他们无不具有强烈的人文情怀、担当意识和历史责任感，堪称真正意义上的知识分子，他们执着的声音和凛然的身姿，使得青岛不至于沦为庸常的小市民城市。

从个人受惠角度而言，如刊发第一篇散文拙作的《青岛晚报》的陈为朋、刘涛，宣称"即使赔钱也要出"而给我出散文集的青岛出版社的胡维华，同是青岛出版社的孟鸣飞那句"我们和林老师还讲什么经济效益"至今言犹在耳。还有，我任教的中国海洋大学的前任校长吴德星和现任校长于志刚也足以让我心存感激。吴校长在我六十岁理应退休之年下令延聘五年，五年后于校长又另聘我为"通识教育讲座教授"，并在学校图书馆设立"林少华书房"。

最后我还想赞赏青岛本土一位极普通的女士。她姓匡，匡国玮，退休前是工厂预算统计员，退休后白天来我家帮忙料理家务。十五年了，人好得不得了，好得近乎童话。不说别的，家中任何地方都不用上锁，任何"隐秘"之事都可相托。志虑之纯正，心地之善良，感情之真诚，纵使近亲也无人可比。前不久偶尔得知，这位女士时常看的书有两本，一本是我的散文集《乡愁与良知》……

2019 年 6 月 14 日

美丽的洱海 "搅局"的筷子

青岛，大理。黄海，洱海。航空公司用一个小小的飞行包，把我、我们一家从黄海之滨忽一下子拎到洱海岸边。

客栈位于大理古城，"红龙井"城门以东一二百米。房间是二楼露台加建的小屋。小屋不小，足有三十平方，东南西三面皆窗。早上八时，东面平整整的窗帘上金灿灿映出日出东山霞光万道的彩图，顿觉无限生机；偏午时分，锐不可当的高原阳光穿过南窗外摇曳生姿的翠竹，房间光影斑驳，恍若梦境；及至傍晚，虽日影西斜，但光线毫不示弱，从西窗哗然涌入，将每一个角落据为己有。

不过最值得看的也在西窗外。"窗含西岭千秋雪"，果不其然！我索性推开西门，走上露台。露台足够宽敞。类似小朵菊花的花仍坦然开放，黄的、白的、粉的，黄嫩嫩、白净净、粉嘟嘟，如婴儿的小脸，似眨闪的明眸。抬头看去，便是"西岭"：苍山！苍山呈不规则的锯齿状，高低错落，连绵不断，山顶银装素裹，山腰林木苍翠，山脚鲜花盛开。冬天、夏天、春天，三季"同框"，各自为政而又相安无事。再看山顶的云，不像是从山顶飘过来，而仿佛从山顶呼出、吐出、喷出，或细若游丝，或势如奔马，或漫天铺排，或几路纵横……

洱海！从机场出来路上就已见到洱海了。路经洱海公园，司机特意停车让我们下来观看。如同青岛栈桥的栈道带一座八角亭笔直伸进波平如镜的水面，水面有那么多银白色的海鸥！或凌空展翅，或岸边翔集，或三五嬉戏，或一只独立，忽而上下翻飞，忽而往来穿梭，忽而左右欢叫。野鸭则乖顺得多，一只只慢悠悠漂来游去，绝不左顾右盼，亦不瞻前顾后，不知是迟钝还是傲慢，不知是冷漠还是矫情。

意犹未尽。翌日雇车绕洱海一周。驶过有名的大理三塔，很快离开城区，沿对岸公路中速行驶。洱海到底美丽，253平方公里耳状海面，一路变幻莫测，时而湛蓝，时而黛绿，时而白浪层层，时而碧波闪闪。方见对面青山逶迤，村落依稀，转眼浩浩荡荡，横无际涯。路边冬樱开得正盛，或一树特立，顾盼生辉，或一字排开，云蒸霞蔚。玉兰花则刚刚绽放，或白或粉，玉洁冰清，笑靥迎人。司机不时停车，或停在芦苇滩前，让我们走进芦苇深处，谛听鸟鸣啁啾；或停在村头路口，让我们在油菜花前亲近水柳，细看清波抚岸；或停在悬崖峭壁旁，让我们得以登高远眺，但见烟波浩渺，水天一色。时有海鸥盘旋，却无孤帆远影。司机告知"三不许"：不许捕鱼，不许打鸭，不许喂海鸥（担心污染水质）。"习大大说了，一定要保护好洱海！"是啊，绿水青山，就是金山银山！

写到这里，必须交代一下，我们是春节前出发来大理的。临近除夕，众所周知的疫情开始波及全国，作为热门旅游景区的大理古城，虽未发现病例，但为防患于未然，很快采取"封城"措施，不再接待新来游客。昨天晚间还满街满巷红男绿女，今早起来一看，简直是孔明"空城计"的现代版——几乎所有人都来了个"人间蒸发"，毅然决然，利利索索。漫步街头，但见街面宽阔，房舍俨然，四下岑寂，地老天荒。寂寥？疏朗？孤独？安谧？

傍晚时分沿着古城墙向东走去，行走之间，蓦然想起村上《世界尽头与冷酷仙境》中的"世界尽头"："环绕钟塔和小镇的围墙，河边排列的建筑物，以及呈锯齿形的北尾根山脉，无不被入夜时分那淡淡的夜色染成一派黛蓝。除了水流声，没有任何声响萦绕耳际。"不久，一排街灯开始闪出光亮。不知何故，街灯的光亮让我陡然意识到肚子饿了。于是，多少年来不成问题的吃饭成了问题：大小餐馆统统歇业。昨天还东门进西门出，挑肥拣瘦，此刻则关门闭户肥瘦皆无。最后总算找到一家有人进食的餐馆，却是内部员工用餐，只好酸溜溜道一声"不好意思"，灰溜溜转身离开。

又灰溜溜返回客栈。好在一对年老的客栈主人善解人意，主动邀我搭伙。一同搭伙的有一位六十光景的男士，自我介绍来自贵州，已经退休，在此客居大半年了。此君相当健谈，对任何话题都能迅速介入，日常性的，如糖尿病素食治疗法，非日常性的，如英国脱欧走向，无不侃侃而谈。尤其对美利坚合众国总统唐纳德·特朗普先生的"搅局"心怀不满。对特朗普的"搅局"，我当然也心怀不满。但他筷子的"搅局"，也很难让我多么欢欣鼓舞，瞧他手中那双筷子，夹菜时如蛟龙入水，翻江倒海，又如关公大刀，横扫千军，锐不可当。尤其让人不堪的是，有时夹起掂一掂、看一看又放下，满盘子戳来戳去，弄得菜肴焦头烂额、体无完肤。不吃吧，坐以待毙；吃吧，实难下咽。而又不便当面劝阻。唉，六十多岁的男士，在谈论天下大势时甚至不无道德感，居然不懂餐桌基本礼仪。

无奈之下，委婉挂上微博向网友征求良策。大概感同身受的网友不在少数，纷纷出谋划策：建议房东分餐或准备公筷；守住厨房门，趁饭菜上桌前赶紧下手；若是我妈看到会这样说："你是在菜里刨坟吗？"还有网友义愤填膺，索性提议"给他一巴掌"或者"一盘菜扣他脸上"，抑或"把桌掀了，同归于尽"！

至于我究竟采用了哪条良策，暂且按下不表，留待下回分解。

2020 年 2 月 13 日

2017 年：挂历哪儿去了

2017 年 1 月 1 日，元旦。一个星期来我始终在悄悄等一样东西：挂历。没有等到，不可能到了。而 2017 年的挂历没到，似乎感觉 2017 年本身没到，因为没有证据。太阳是昨天的太阳，天空是昨天的天空，甚至窗外槐树梢上的喜鹊都像是昨天的那只。昨天是去年最后一天——去年最后一天和今年最初一天的区别在哪里呢？今年去年有何不同呢？倘有挂历，立见分晓。淡淡的失望如傍晚时分淡淡的雾霭笼上心头。

从八十年代开始，三十多年间每年都有，每年都有挂历从哪里如期而至。近几年虽说少了，但两三本总是有的，一般是出版社的，本地的、京沪的。我喜欢出版社的挂历，毕竟不像银行的挂历诉求直截了当：恭喜发财。发财谁都喜欢，我也喜欢。但把手托金元宝或"孔方兄"的财神老爷请来书房，就好像酒桌上突然和某位大款坐在了一起，不知是靠近些好，还是离开些好。书房还是出版社的挂历合适。书是出版社出的，没有出版社就没有书，就没有书房，甚至没有我这个读书人、教书人、写书人。但出版社的挂历从不刻意强调这点，含蓄，低调，文雅，心照不宣。

书房的挂历我总是挂在书橱旁，一般挂日期数字大些的，以便一抬头就看得"1清2楚"。老了，不比当年在乡下当五好民兵连连长，那时再小的准星都能瞄准百米开外的靶心圆点。此刻我又习惯性抬头看了看，因没有新的，旧的还姑且挂在那里。我忽然心想，今年和去年的日期没准碰在一起！果真如此，照用就是。差一天不好办，差一年没关系，2016权当2017可也。于是拿日记本上前比照：去年元旦星期五，今年元旦星期日，差了两天！得得！

或许你说——实际也有人说——看手机不就行了！何苦非看挂历不可？手机上的日历我自然看过，但手机上的日历和书桌前的挂历不是一回事。手机上的日历仅仅是日期，而书桌前的挂历不仅仅是日期，还有别的什么，比如仅我一个人明白的秘密暗号，以及明确标注的"温馨提示"，以及某种幽思……

是的，某种幽思……

无须说，挂历多是月历。以前是没有挂历的，至少上个世纪五六十年代我的生活中是没有的。那年头用的是日历，中学生巴掌大小，365页厚墩墩订在一起，周日、节日为红色，平日为黑色，固定在彩色硬纸板做的日历牌上。乡下人叫"阳历牌"。1月1日叫阳历年，不叫新年，元旦就更不叫了。阳历年在乡下是没人当年过的，一如平时。因此挂阳历牌是唯一的新年"庆典"。我们家住的草房冷得瑟瑟发抖似的蜷缩在山旮旯里。父亲在离家几十里外的公社（乡）工作，新年也很少回家，阳历牌就由母亲挂在门房或紧挨炕沿的地柜上端。这么着，糊着旧报纸烟熏火燎的土屋里，只有阳历牌是新的，颇有蓬荜生辉之感，我们贫苦的日子因此有了小小的亮点，有了小小的欢欣。日历自然每天撕一页。那也是日夜操劳的母亲一天当中唯一的"文化"活动，有时一边撕一边小声念叨"腊七腊八冻掉下巴"，或者"打春别欢喜，还有四十冷天气"……我和弟弟妹妹们都还小，最愿意听的就是还有几天过小年、过大年。有时候母亲还端起煤油灯举到阳历牌前细看，神情似乎分外凄苦，时而发出低微的叹息……

后来长大些了，我猜想那可能是母亲确认父亲回家的时间。没有电话，也没见父亲给母亲写过信。父亲大体每月回家一次，但日期不固定。"文革"期间有时两三个月都不回来一次。父亲不回来，钱就不回来，家中的日子就更难过了，有时买油钱都没有。加上正是兵荒马乱的年月，父亲随时可能遇上什么，母亲难免牵肠挂肚。日子，日历，日历的一天就是一个日子。而对于母亲，则可能是两个日子，这边家里的日子，那边父亲的日子。日历撕下一页容易，但日子熬过一个绝非易事，何况两个！

　　若干年后我离家进省城上了大学，大学毕业后我又离省城远走高飞去了广州。父亲来信说，家里的母亲总是想我，总是计算我探亲的日子，时常边撕日历边念叨我的小名，甚至险些哭坏了眼睛。而我那时每隔三年才回去探亲一次。可以想见，母亲要翻一千多次日历、要撕一千多页日历才能等来母子相见的日子。多么漫长的等待啊！对母亲来说，日历，阳历牌是她和儿子之间唯一可以确认、可以触摸的媒介！套用余光中的诗句，亲情像一页日历，母亲在这头，我在那头……

　　由于这个缘故，多年来我的书房总有一本当年那种老式日历挂在门旁书橱的一端。现在这本是2014年的，也是因为未能及时买到新的，就一直挂在那里——我不是用来看日期，同日期无关。

　　挂历固然不同于一天撕一页的日历，一个月才撕一张，但撕这一行为和感觉同日历没大区别。此外还有一点，那就是我选择的挂历风格大多同过去的阳历牌两相仿佛。因了那缕幽思……

　　而这，是手机上的日历功能所无法替代的。世界上总有无法被替代的什么。对于我，就是挂历的感觉、挂历所附带的幽思。那是之于我一个人的挂历。

2017 年元旦

"伸手要钱"的重要与不重要

又去了北京，去北京一所大学摇唇鼓舌。坐飞机去的，回程坐高铁。青岛、北京之间，天上飞一个半小时，高铁则跑四个半小时。论速度，飞机快得多，飞快；论效率则未必。一来飞机场不比火车站，大多远离市区；二来安检花时间，而且任性，延误没商量。

不过我选坐高铁，主要不是因为这点，而跟季节有关。十月下旬，时值深秋，京城银杏，叶子黄得像熟透的黄杏似的，给阳光一照，简直近乎透明。看了，再郁闷的心情也豁然开朗，再有一肚子气也不翼而飞。不但银杏，就连再普通不过的白杨也不甘落后，黄起来毅然决然，绝不含糊。加上头顶蓝天白云，足以让人欢欣鼓舞。于是我想，城内如此，城外、郊外、野外也一定赏心悦目。幽燕平川，齐鲁大地，纵一列之所如，观万顷之斑斓，但凭逸兴遄飞，神思悠然……

提包出门，学院一位赶来送行的副院长提醒我"伸手要钱"。伸手要钱？"身份证、手机、钥匙、钱包"——严肃事项，幽默表达，妙！公务车开往北京南站，周六清晨，一路顺畅，高耸的楼宇，宽阔的路面。不时闪过四合院灰色的门楼，偶见一条大约通往护城河的清溪。不出四十分钟，即是南站。下车时我不由得再次确认"伸手要钱"。修辞诚然幽默，但哪一样都幽默不得。是的，身份证比身份还重要。教授、翻译家？村上春树？你以为你是谁，没证照样取不出票上不了车。手机没了立马陷入危机。我很快拿身份证取了票，掏手机回了短信。

开往青岛的动车组俨然温顺的大鲨鱼，静静躺在那里守株待兔，把送上门的男男女女吞入腹中，其中当然有我。一等座，A，靠窗。不赖，美好旅程的开始。少顷，一位衣着颇为入时的中年女士在我身旁坐下，忙不迭掏出手机向某人报告终于上车了，同时一脚蹬在前座靠背椅上。我刚想来个友情提示，但话到嘴边又咽了下去。我的身份不是列车员，她的身份不是听课的学生。这种时候，身份比身份证重要。不料车快开时，一位男士径直走来，不声不响地把车票亮在女士眼前。女士当即一跃而起，惊呼上错车了。稍后我问男士："她是上错车了还是上错车厢了？"对方说："应该是上错车厢了"。我舒了口气："那还好。"

男士落座后第一个动作是低头找插座，连线看手机。这么着，往下四个半小时我们再未开口。他一直看手机，责无旁贷，一往情深，眼神大约仅次于当年我在乡下时忽然面对一大盘热气腾腾的肥肉馅饺子。我呢，我不看手机，看窗外秋色。我甚至觉得我比他英明：手机什么时候看不了啊？而窗外秋色可是转瞬即逝。一期一会，机不可失。这种时候，手机也不重要。

动车很快扑进秋天的原野。庄稼收割完毕，大地悄然清场。远看，天际浮云，孟秋气色，旷远苍凉；近看，村庄树木，铅华洗尽，水落石出。树木虽然不如我想象的那般身着五彩，但也相当耐看。无论疏影横斜，还是高耸入云，无论万丝拂水，还是一枝出墙，无不各呈风姿，浑然天就。秋来满树金黄诚然可圈可点，而无动于衷也未必相形见绌。你看河旁那几棵垂柳，依然郁郁葱葱，不知秋之已至；再看陌上那一行白杨，有的黄绿相间，有的红白参半，有的几叶飘零，有的半树浓荫，参差多态，无限风情。偶见一树独立，四野苍茫，纯然"野旷天低树"的绝妙注释。

不过最吸引我的，还是不时闪入眼帘的村头院落。喏，大门旁那棵老榆树，虎踞龙盘，横逸斜出，上面搭满了金灿灿的玉米棒。院内那两三棵柿子树，叶片几乎落光，而几粒柿子果仍坚定地守在枝头，犹如嵌在湛蓝天壁的金色图钉。窗前挂着的莫不是红辣椒串？院外，一方不大的池塘，鸭们、鹅们正扑棱着拼命上岸。房后，一条土路在田野间蜿蜒伸向远方……凝视之间，我倏然涌起一股冲动，恨不得马上冲出车门，跨入那座院落，或东张西望，或悠然踱步，或在柿子树下喝茶，或盘腿坐在炕上眼望窗前的红辣椒串发呆，或在黄昏时分顺着房后那条土路去而复返。从此再不需要什么"伸手要钱"，身份证锁进炕柜，手机甩去窗外……"伸手要钱"也好，"钱要伸手"也罢，概不重要！

丹麦哲人克里凯戈尔曾在日记中写道："我刚从一个晚会上回来，我是这个晚会的台柱和中心人物；我妙语连珠，令每一个人都开怀大笑，都喜欢上我，对我称赞不已——但我还是要抽身离去……"作为我，很可能不属于都市的会场，只有置身于这农家院落，我的心才会宁静，才有归依——或许农人才是我的身份，才是我确凿的身份认证。

2018 年 10 月 29 日

牛年，但愿牛年果然"牛"

庚子将尽，辛丑在即。辛丑，牛年。

说来有趣，房盖下面，有"豕"（猪）为"家"，有"牛"为"牢"。盖因牛在古代是极重要的生产力、"劳动力"，随便宰牛是要坐牢的。不仅古代，甚至当代——如人民公社时期——牛也不是可以说杀就杀、说宰就宰的。

即使当下，"牛"也相当重要。例如"牛人"就不是指一般人，纵不肃然起敬，也不敢轻易招惹。相关说法可谓俯拾皆是：牛市、牛饮、牛脾气、牛高马大、气壮如牛、牛气冲天、气冲牛斗。纯粹褒义的，如老黄牛、拓荒牛、孺子牛。至于一般性说法，简直多如牛毛：九牛一毛、九牛二虎之力、牛头不对马嘴、风马牛不相及、宁为鸡口不为牛后，以及汗牛充栋、吴牛喘月、对牛弹琴、泥牛入海、牛骥同槽、庖丁解牛。甚至有语言学者举"牛"为例证明汉字造词功能的强大：以一个"牛"字即可轻松搞定的"牛"词系列，而在英语里简直五花八门、风马牛不相及：cattle（牛）、calf（小牛）、cow（母牛）、bull 或 ox（公牛）、buffalo（水牛）、beef（牛肉）、veal（小牛肉）、milk（牛奶）、butter（牛油）……

好了，"说文解字"姑且到此为止，下面说和牛有关的两个文学牛人：莫言和村上春树。先说村上。村上有一本随笔集《日出国的工厂》，其中一篇写他参观奶牛场：

> 这里的牛的存在价值可以归结为一点，那就是一年能产多少公斤浓度高的牛奶……至于性格如何啦，容貌如何啦，艺术才华如何啦，根本不是评价的对象。举例说，就算有一头牛对自己的能力指数心怀不满，走到饲养员老伯那里说："哎，老伯，我的乳汁可能不怎么出类拔萃，但我在朋友中的评价简直好上天了，深受信赖。"老伯也只当耳旁风，应道："噢，是吗？"

一句话，产奶能力乃唯一评价指标，其他免谈。更有甚者，就连"性生活"也被偷梁换柱——母牛是假的：母牛模拟台。"乍看像是体操器械或拷问刑具，包着皮，再蒙上一张活生生的带毛牛皮，可以摇动手柄控制高低和角度。"看得村上心想：公牛真能上来情绪不成？也许心有不忍之故，村上早餐好像不吃面包喝牛奶，而喝咖啡。

相比之下，莫言的牛故事可就是另一番景象了。莫言小学五年级没读完就辍学了，辍学放牛。"我知道牛的喜怒哀乐，懂得牛的表情，知道它们心里想什么。在那样一片在一个孩子眼里几乎是无边无际的原野里，只有我和几头牛在一起。牛安详地吃草，眼睛蓝得好像大海里的海水。我想跟牛谈谈，但牛只顾吃草，根本不理我。"这么着，莫言的牛脾气上来了：上学老师不理，回家父亲不理，倒也罢了，连牛都不理！哼，俺拿个诺贝尔文学奖看哪个再敢不理！"有志者事竟成"，几十年后的二○一二年十月的某一天，莫言果真拿了诺奖，成了世界性牛人。致辞时他感谢多多，单单忘了感谢牛，感谢不理他的牛……

牛人牛事说完了，再说两句我这个普通人的事，也跟牛有关。莫言辍学，是因为语文老师批评他作文写得不好，他赌气不念了。我呢，语文老师总夸我作文写得好，奈何因了"文革"只念到初一就实质上辍学了。辍学后没放牛。生产队队长见我长得活像瘦猴儿，怕管不住牛。假如我也放牛，那么二○一二年度诺奖得主没准不是莫言而是兄弟我，遗憾！

不过，牛也帮助过我。上初一的时候，要步行十里去学校，早晚来回二十里。无边无际到处是雪的原野，一条路上几乎只我一人背书包一步步走着。一天正走着，一辆牛车在我身旁放慢了速度，四五十岁模样的邻村车老板招呼说："上车吧，孩子，天快黑了！"我快走两步，一蹿高坐在后车板上。交谈中得知车老板也姓林，东北姓林的少，同姓格外亲切。此后每次碰上，他都喊我坐他的车，至少三四次吧。这也让我得知牛的速度并不慢，"嘚嘚嘚"一路小跑，比人走路快多了。日本国会里的所谓"牛步战术"，只知其一，不知其二也。

那位同姓车老板，去年暑期回乡我还打听过，大弟说早不在了。我怅然有顷。即使在，也不会再赶牛车了。拉车的牛没有了，牛车没有了。好在牛年还有，今年就是牛年，但愿牛年果然"牛"，牛气冲天，一举冲出疫情！

2021 年 1 月 31 日

莫言的孤独 我的孤独

　　一次我讲鲁迅是个孤独的人。作为证据，喏，你看："在我的后园，可以看见墙外有两株树，一株是枣树，还有一株也是枣树。"——孤独的枣树，除了枣树还是枣树；孤独的鲁迅，除了鲁迅还是鲁迅。今天我要讲莫言也是个孤独的人。或许你想问，鲁迅孤独倒也罢了，莫言也孤独了？难道莫言写了"墙外有两株树，一株是柿子树，还有一株也是柿子树"不成？事情就是这么诡异，写了两株树的孤独，没写的也孤独。

　　说起来，莫言获得诺贝尔文学奖的二〇一二年的冬天，我去了山东高密乡下的"莫言旧居"，那一带的确到处是柿子树，冬天叶落尽了，但见黄得透明的小灯笼似的大柿子挂在树枝上，可比鲁迅笔下的枣树好看多了，也实惠多了，我忍不住爬上树偷吃了好几个——那时我还没这么老——乖乖，我从未吃过那么好吃的水果，吃得我肚子像个球，险些从树上摔下来。临走，莫言的小学同学为了感谢我帮他扒玉米，还送了我一大袋柿子。我至今仍清楚记得和莫言一起上过学，一起干过农活的这位莫言小学同学说的话："学不比我上得好，活也不比我干得强，可现在人家成了响遍世界的大人物。我呢，还在地垄沟扒玉米——什么叫差别？这就叫差别！"我安慰他说："扒玉米也没什么不好啊，莫言现在想扒还扒不成呢！你刚才不都说了，得了奖回村都像做贼似的，生怕大家发现。各有各的苦恼，各有各的乐子……"

好，下面就说一下莫言的苦恼、莫言的孤独。

莫言二〇〇〇年在美国斯坦福大学演讲，讲的题目倒是叫"饥饿和孤独是我创作的财富"，似乎喜欢孤独，实则不然。例如他讲自己小学期间就辍学放牛了，在村外几乎只见草不见人的空旷的野地里放牛。"我知道牛的喜怒哀乐，懂得牛的表情，知道它们心里想什么。在那样一片在一个孩子眼里几乎是无边无际的原野里，只有我和几头牛在一起。牛安详地吃草，眼睛蓝得好像大海里的海水。我想跟牛谈谈，但牛只顾吃草，根本不理我。我仰面朝天躺在草地上，看着天上的白云缓慢地移动，好像它们是一些懒洋洋的大汉。我想跟白云说话，白云也不理我。天上有许多鸟儿，有云雀，有百灵，还有一些我认识它们但叫不出它们的名字。它们叫得实在是太动人了。我经常被鸟儿的叫声感动得热泪盈眶。我想与鸟儿们交流，但是它们也很忙，它们也不理我。"在学校老师不理，在家里父亲不理，放牛时狗理不理不知道，但牛不理、鸟不理、白云不理则是事实。够孤独的吧？但莫言到底是莫言：哼，让你们都不理俺，俺拿个诺贝尔文学奖看你们理还是不理！星移斗转，夏去秋来，二〇一二年莫言果然拿了诺奖。那么拿了诺奖之后的莫言是不是大家就都理而不再孤独了呢？那也未必。同年十二月七日莫言再不放牛了，忽一下子飞去斯德哥尔摩，在瑞典学院发表演讲："我获得诺贝尔文学奖后，引发了一些争议。……我如同一个看戏人，看着众人的表演。我看到那个得奖人身上落满了花朵，也被掷上了石块、泼上了污水。"

莫言所说并非虚言，这点我就可以做证。记得二〇一五年初夏我去乌镇旅游，看完"林家铺子"，正看茅盾故居的时候，忽听有人高声说莫言。哦，莫言？转身一看，原来是一位年轻导游面对二三十名游客说莫言："别看莫言得了诺贝尔文学奖，可他的文学成就怎么能和茅盾相比呢！而且他的作品总是写中国的黑暗面，总是抹黑中国人，总是……"听到这里，我一时按捺不住，紧走几步上前劝阻："姑娘，最好别这么说吧！一来莫言和茅盾不好简单比较；二来中国总算有人得诺贝尔奖了，对这件事还是多少保持一点严肃性和敬意为好。再说他的作品也并不总是抹黑中国人嘛，比如《红高粱》……"正在兴头上的年轻女导游愣了一下，随即拿出导游特有的唇舌本领："我是在对我的客人说我的个人观点，你不愿意听可以不听——何况你要知道，听导游的解说是要付钱的，你付钱了吗？"我则正在气头上，提高音量告诉眼前这位无论怎么看都不大可能读过莫言的年轻人："你现在是导游，不纯属个人！这里是公共场所，不是你家客厅，你不能以导游身份在这里信口开河诱导游客。"说罢转身离去。毕竟我是来旅游的，不是来和她讨论莫言的。

喏，你看，无论是小时候光着屁股在荒草甸子放牛的莫言，还是像模像样身穿燕尾服面对瑞典国王时的莫言，照样有人不理他，孤独照样存在。我倒是认为——莫言本人都未必认为——有没有人理不重要，重要的是，孤独的时候是否仍会被什么"感动得热泪盈眶"，也就是说，孤独之中是否怀有激情，是否具有感动与被感动的能力，是否还有审美的能力。有，孤独便是财富；没有，孤独就是一文不值的自怨自艾。可以断言，如果当年莫言没有被鸟的叫声之美"感动得热泪盈眶"，而是无动于衷、充耳不闻，那么他的作品就不会感动诺奖评委——倒不至于"感动得热泪盈眶"——他身上也就不会落满诺奖的花朵。

捎带着再说一下我。论事业成就和声望，我当然远远比不上莫言。但在孤独经历这点上，和他颇有相似之处——如何孤独绝非诺奖得主的专利——莫言没念完小学，小五都没念完；我没念完初中，只念到初一就因"文革"而停课闹"革命"，闹了一阵子就回乡干农活了。薅地、锄地、割地，日出日落，风里雨里，除了放牛几乎什么苦活累活都干了。而我又与人寡合，上工下工基本独来独往。孤独得已经不知道什么叫孤独了。就在那样的环境与心境中，收工路上我不知有多少次独自爬上路旁的小山岗，坐在岗顶上遥望远方或金灿灿一缕横陈的夕晖，或红彤彤挂满半个天空的火烧云，有时豪情满怀，有时黯然神伤，偶尔潸然泪下。而后扛起锄头，迈动打补丁的裤管下山回家。晚饭后在煤油灯下把火烧云写在日记本里。几年后忽然有一天，我放下锄头奔赴省城一所高等学府。在某种意义上，是孤独中的感动拯救了我。或者说和莫言一样，即使在孤独中也没有失去感动或被感动的能力，没有失去审美的能力。是的，只有在这个意义上，孤独才会成为一种财富。

2022 年 6 月 11 日

我们应如何学外语

全国两会期间，有政协委员建议在中小学阶段取消英语的主修科目地位，改为辅修。网上点赞者压倒性占多数，弥天盈地一片叫好声。浏览所列理由，大多认为现行语数英同时"置顶"的课程设置，使得学生在英语上面耗时甚多而收效甚微，冲击其他科目学习，影响全面发展，而将来又有几人用得上？实在得不偿失。何况翻译软件眼下已相当乖巧，一机在手，游遍天下。

同时有人大代表呼吁高考取消英语科目。这个嘛，点赞到底偏少。多数人认为稳妥的做法是：考还是要考，但减少分值，一举清零大可不必。好比婚后要小孩，倘担忧孩子开销大，太累人，不妨少要，索性一个不要又会出现别的问题。

别的事情倒也罢了，但事关外语，作为外语教授的我还是应该表个态的。对于第一个建议，我也点赞。以前我就不赞成外语学习从娃娃抓起，觉得较之外语，培养母语的语感更是优先事项、硬道理。说得玄乎些，母语才是我们接收宇宙隐秘信息的天线，是贯通天人之际的隧道。而母语语感的幼芽是十分敏感而脆弱的，一旦错过最佳萌芽期、养护期，小而言之，影响人的审美感觉；大而言之，影响人的幸福感。也许你不服气：就算这样也可以用外语替代或弥补嘛！这我可以代表外语教授忠告你：包括英语在内，对于中国人，任何西方语种恐怕都不具有汉字、汉语那种"妙处难与君说"的韵致！说到底，学外语的目的也无非是追求人生幸福，扩大幸福感，而若丢了这部分本来属于你的心灵幸福感，那值得吗？

当然，如果你有独特的语言天赋，过目成诵，过耳不忘，学起来如鱼得水，乐在其中，彼此兼顾，两全其美，自是另当别论。或者假如现代医学能使每个人至少活到一百八十岁，那也不妨一试，毕竟时间绰绰有余，国语英语双管齐下，古文今文比翼齐飞，今天不行还有明天，这个月不行还有下个月，还有明年后年，日久年深，总能学出名堂。而像现在这样六岁要上小学，十二岁要上中学，十八岁要上大学，一路中考、高考以至国考尾随穷追不舍，那就要算时间账、成本账、效益账，分出轻重缓急，把高耗低效的外语姑且排在次要位置，而把关乎表达、关乎审美、关乎心灵幸福的母语语感首先打磨锋利为好。也就是说，与其齐头并进双双受挫，莫如单路专攻打下根基。

事实上，堪称文体家的一代文学大家如鲁迅、钱锺书、郭沫若、季羡林、傅雷、梁实秋、林语堂、张爱玲、余光中和木心，几乎都是自幼熟读经史，长成习得外语的。故而国学西学熔于一炉，母语外语相得益彰，每每集作家、翻译家、学问家、教育家于一身。纵使钱学森、钱三强、钱伟长、邓稼先、竺可桢、王淦昌、华罗庚、陈景润、李四光、袁隆平等据说离不开英语科技文献的科学家，也未必是英语从娃娃抓起的战果。不信请找出一位来！

就我这个靠外语吃饭的外语专业教授来说，也是二十岁才开始学外语的，日语。说起来不怕你见笑，学日语之前我都不敢确定天底下有"にほんご"（日本語）这个语种，以为日本人就像老抗战片里的鬼子兵那样讲阴阳怪气的中国话：张口"你的八路的干活？"，闭口"你的死啦死啦的！"。加之是特殊时期上大学的"工农兵大学生"，忽而"批林批孔批邓"，忽而"学工学农学军"，在校三年零八个月，真正用于学日语的时间有没有一年零九个月都很难说。可是不也学出来了？后来发奋考研，试卷上没有一个词俺不晓得。口语虽不地道，但毕竟教日语教了三四十年没给学生轰下台来。课后搞文学翻译，说玄乎些，一路过关斩将，基本不用回头查辞典。假如我一边吭哧吭哧查辞典，一边咔嚓咔嚓抓耳挠腮，如何能课余翻译一百本书？看一百本恐怕都不容易。不过实话跟你说，较之外语不用查辞典，更得益于母语的手到擒来——语际转换大体瞬间完成，很少查"百度"，也很少"众里寻他千百度"。无他，盖因小时候背过《汉语成语小词典》和看书时抄过几大本漂亮句子——语感早熟、语汇丰富之故。

啰唆不算少了，最后总结一下。幼儿园无须学外语，一边玩儿去！小学最好不学。若从三年级开始非学不可，包括中学六年，也没必要和语文、数学并列为主科，而改为辅修或选修科目。高考要考，但降低分值，由 150 分降为 100 分。大学四年各自酌情加码学到毕业，如此学十四年或十六年，作为一般教养和实用技能，足矣足矣。少乎哉？不少也！

2021 年 3 月 8 日

蒲公英有蒲公英的美

（德州学院外国语学院理事会成立大会致辞）

前不久去了德州学院，并不夸张地说，五分钟致辞至少响起了五次掌声。这让我的心情好得不亚于去了美国的得克萨斯州。故想显摆如下，说不定会对你以后的致辞或大会发言多少有所启示，使你五分钟发言赢得六次掌声亦未可知。

尊敬的刘文烈书记，尊敬的季桂起理事长，各位理事，各位同事，各位同学：

今天是德州学院外国语学院理事会成立的喜庆日子，感谢你们让我有机会分享这份喜悦，并给我以大会致辞的荣幸。谢谢！

按大会议程，很快就要进行理事选举。假如我万一幸运地选上了，这将是我有生以来得到的第一个理事头衔。说实话，我不知道自己能否胜任这一荣誉职务。作为连党支部副书记、教研室副主任都没当过的无官无职的平头教员，很显然，我一不能为学院发展注入真金白银，二不能为学院建设呼风唤雨。因此，接到大会邀请后，对于究竟来还是不来，我纠结、迟疑了好一阵子。但终归，我还是来了。

来的一个原因是，我毕竟是教了三十五年的教书匠。如果加上一九七二年开始的工农兵学员时代和一九七九年开始的读研时代，可以说是近半个世纪教育现场的亲历者或在场者。风霜雨雪，朝晖夕阴，晓行夜宿，塞北岭南，一路奔波下来，纵使没有经验可传，但教训性的东西总还是知道一点点的。事实证明，教训和经验同样重要，有时可能比经验还重要。

来这里的另一个原因，在于我对陈天祥院长怀有的可能属于个人性质的敬佩之情。恕我趁机显摆，前不久我在《读书》杂志第六期上发表了一篇谈日本美学的文章。大约二十天时间里，明确告诉我读过并赞赏这篇文章的，只有两位：一位是我的母校吉林大学的在读哲学博士，另一位便是天祥院长。如果说起对我发表在《读书》《书城》和《社会科学报》上的文章同时给予关注和表示欣赏的，据我所知，则只有陈院长一位。这让我很受感动。即使我身边的所谓"985"大学同事，也没有哪一位这样告诉过我。

不错，同我所在的所谓"985"大学相比，德州学院既不是"985"又不是"211"。但这仅仅是以官定分级标准就学校整体而言的，而作为个体，无论教师还是学生，都既可以是"211"，又可以是"985"。何况，纵然就学校整体来说，德州学院也自有其无可替代的光彩和存在价值。就我个人而言，较之雍容华贵、国色天香的牡丹，的确更中意路旁不起眼的蒲公英。用苏东坡的话说："凡物皆有可观。苟有可观，皆有可乐。"毫无疑问，德州学院是一所"可观、可乐"的大学。换言之，蒲公英有蒲公英的美！

是的，即使作为嘉宾，我也不想在这个喜庆的日子出于一时激动而祝愿德州学院外国语学院成为双一流大学双一流学院。相比之下，我更乐意祝愿它成为植根于德州大地的历史文化传统并体现时代精神的地方名校，成为迎着初春寒风首先绽开金灿灿小脸的蒲公英！

谢谢大家的耐心倾听和至少五次的掌声，谢谢！

2017 年 6 月 23 日

『然后然后』何时休

"然后然后"何时休

不知从什么时候起，我们特别喜欢说"然后"。日常交谈也好，会上发言也罢，有不算很少的人都对"然后"这个词儿情有不舍。尤其男生女生，有人几乎一口一个"然后、然后、然后"，没完没了，无尽无休。一次参加研究生答辩会，不到十分钟的论文要点陈述，而我指导的一个研究生，用了不止十个"然后"，听得作为导师的我干着急。甚至答辩通过也让我高兴不起来，问他为什么死活抓住"然后"不放，为什么就不能换个说法说"之后""而后""其后""随后"，以及"其次""再次""并且""而且""继而""再者""加之""还有""接着""接下去"？问她为什么在这么需要注意修辞的场合却半点儿修辞意识也没有。

其实也不单单"然后"，什么什么"的话"好像也成了一些人的口头禅："晚饭的话，吃饭的话，不好吃的话，剩下的话……"说一句"如果晚饭不好吃剩下的话……"不就行了？何况，"的话"应该和"如果"前后连用才对。不仅如此，"现如今"近来又成了网络宠儿，偏偏不说"现今""如今""而今""当今"，不说"今日""今天""今时"，更不说"眼下""目下""当下"，这些全都被"一键清除"。即使主流媒体也不例外。对了，除了"现如今"，"非常地"也来凑热闹了，你听："非常地精彩、非常地重要、非常地及时……"而和"非常"大体相近的程度副词，统统一边儿玩去，例如"十分""十二分""万分""分外""格外""极其""极为""甚为"，以及"实在""的确""确实"，还有"很""太""极""甚""超"，等等。况且，"非常"本身就是副词，后面何苦加"地"？最基本的语文修养哪里去了？

也就是说，我们的语言已经贫乏到了让人心焦意躁、忍无可忍的地步，或者说我们的修辞意识已经淡薄到了近乎"清零"的程度。是的，在这个急功近利、嚣喧浮躁的时代，提起修辞，每每被看成高考作文拿分的套路，甚至看成文字游戏。而网络流行文化的风生水起又进一步稀释了语言的文学性、诗性、经典性和殿堂性，加速了语言的口水化、粗鄙化、快餐化以至打情骂俏化。总之，语言越来越多，而好的语言越来越少。

不言而喻，言为心声，文如其人。语言，尤其书面语言乃一个民族心灵气象的外现——是庄重、雄浑、高贵、优雅，还是轻薄、浅陋、低下、庸俗？闻其言读其文，大体知道个十之八九。或谓嘴巴说谎而眼睛不说谎，其实在根本上语言也是不说谎的。你能想象一个猥琐不堪的小人会有光风霁月的谈吐？能想象一个胆小如鼠的懦夫会写出气势磅礴的文章？

最后说一句，你、我、他，咱们大家可是李白、杜甫、苏东坡、曹雪芹嫡系或非嫡系的后代，再这样"然后"下去，"非常"下去，岂不愧对这些民族先贤，愧对汉语这个表达过唐诗、宋词、《红楼梦》的世界上最古老、最有生命力的语种？是时候关心语言、关心修辞了！是关心语言、关心修辞的时候了！

2022 年 11 月 1 日

迎新典礼与毕业典礼：村上的致辞，我的致辞

日本新学年从四月开始，樱花四月。今年早稻田大学樱花时节的新生入学典礼，校方把村上春树请去给新生讲话。不用说，这一是因为村上是四十六年前从早稻田毕业的，二是因为村上毕业后混得风生水起，成了向全世界讲述日本故事的"大咖"、大作家。何况去年又为母校慨然捐赠自己的藏书和手稿等宝贵资料，校方特意为此设立"村上春树图书馆"。这样，尽管村上在校时混了七年才勉强拿够本科学分——用村上自己的话说，早稻田七年唯一的收获就是把后来的老婆搞到了手——但这大可既往不咎，"校友代表"非他莫属。

村上在致辞中讲的什么呢？他当然没有号召学弟学妹以他为榜样用七年之久凑够学分，更没有建议男生把收获对象锁定在将来成为老婆的女生身上。你别说，讲

的还蛮有深度：讲如何"开启故事，诉说心灵"、如何探索心灵未知领域。理所当然，开头从写小说讲起：

我是五十多年前考进文学院的，当时并没有当小说家的念头。但结婚毕业后一天天忙于生计的过程中，忽然有了想写小说的心情。蓦然回神，已经成了小说家了。至于是势之所趋还是被什么引导的，自己也不清不楚。

因是在校期间结的婚，所以工作在先毕业在后，和一般人的顺序相反。这种生活模式很难向人推荐，但毕竟也是一条路子。

不是脑袋灵光就能成为小说家的，因为脑袋灵光的人立马用脑袋去想，而用脑袋想出来的小说是没有多大意味的。好的小说须用心想才行。不过，要写别人看得懂的文章，在很大程度上是要用脑袋的，所以我的脑筋也还是要酌情开动一两下。

但我不是才子，不是优等生。重要的是找准时机，而找准时机并非易事。这里是文学院，文化构想学院，诸位当中想必有人要当小说家，为此务请找准时机——我想早稻田大学的环境应该是适合做这件事的。

今年秋天，"村上春树图书馆"将在早稻田校园开放……图书馆的馆训是"开启故事，诉说心灵"。

诉说心灵看似简单，实则很难。这是因为，我们平时以为这就是自己的心的，其实不过是心的一小部分。也就是说，我们的"意识"，不过类似我们从心这泓池水中打出的一桶水罢了，其余领域尚未触及，作为未知部分剩留下来。而真正驱动我们的，乃是剩留的心——不是意识，不是逻辑，是远为辽阔和恢宏的心。

那么，怎样才能探索"心"这一未知领域呢？怎样才能发现驱动自己的力之本源呢？"故事"即是担当这一职责的一个选项。故事把光投在我们的意识无法充分解读的"心"这一领域，把我们不能诉诸语言的"心"置换为fiction（虚构）这种形式，使之比喻性浮现出来。这就是小说家要做的事。简单说来，此即小说家的基本叙事方式。这是只能以一步步置换的形式来实现的——说得够啰唆的了——因此，小说这东西不会直接作用于社会，不可能像特效药和疫苗那样立竿见影。可是，如果排斥小说的作用，社会就难以健康发展。这是因为，社会也有"心"。

致辞继而断言："小说以至文学的职责，就是把仅靠意识和逻辑无法彻底打捞的那类东西切切实实地缓缓打捞下去。小说即是填埋心与意识之间空隙的东西。"村上最后表示："小说已经以各种各样的形式被人们拿在手中一千多年了。小说家这一职业简直就像将火把从这个人手中传到下一个人手中一样，如果诸位当中有人接着传递这个火把，有人为此倾注温馨的关爱之情，我将感到非常高兴。"

如何？致辞水平够可以的吧？娓娓道来而又不失哲理深度。说实话，刚看到这篇致辞时我心里不禁一惊：哦，村上他？说起来，十多年前我趁去神户大学开会之机去过村上的高中母校——兵库县立神户高等学校（高中），一位比村上低两届的地理课老师告诉我，一百一十年校庆那年让村上写篇文章，寄张照片过来，村上硬是没理。见我显得有些费解，陪我前往的日本教授说，村上对母校"感情别扭"。那么，大学母校就不"别扭"了？

不过这点改日再谈，也是因为马上就是毕业季，请让我在此公开我的致辞：二〇一八年六月我作为教师代表在中国海洋大学研究生毕业典礼上的致辞。日前在郑州演讲时有大学生站起来提问："林老师，你翻译村上这么多年，自己写东西时的语言风格受没受村上影响？或者，你有没有把自己的语言风格强加给村上？"请比较两篇致辞，答案自在其中。

今天，六月二十八日。中国海洋大学二〇一八届研究生毕业的日子，喜庆的日子，放飞的日子，鸟儿们即将飞走了，从树上欢快地飞走了。飞向山的那边，飞向海的那边，飞向天的那边。即将飞走的鸟儿里边，有我的四位弟子，姑且在我这棵树上栖息了三年的鸟儿。因此，这又是感伤的日子，寂寞的日子。这是因为，我、我们所有老师，只能默默地注视鸟儿们从自己这棵树上渐飞渐远，而自己，注定在原地一年年老去。你们永远二十五，永远二十八、二十九，唯独老师、唯独树们又增加一圈年轮。不用说，一般人很少留意老师的眼神、老师的心情，这很正常。鸟和树之间，有谁会留意树的心情呢？"两个黄鹂鸣翠柳，一行白鹭上青天""晴空一鹤排云上，便引诗情到碧霄"——你看，古代诗人们也是这样。所以，我首先代表树们讲了自己的感受和心情。但这毕竟是喜庆的日子。七载寒窗，十年苦旅，一朝解脱，一齐放飞。所以，作为老师更想说的是：祝贺你们、祝福你们，海大老师祝福你们了！

当然，我也曾是一只鸟儿。回想三十六年前，吉林大学，大体也是这样的场合，我作为毕业研究生上台发言，代表我的同学向母校、向我的导师、向全校所有导师表示由衷的感谢，感谢母校给了我们一个新的人生起点，感谢导师辛苦三年后把我们一齐放飞!

是的,感谢导师、恩师。我这辈子、这大半辈子,最让我感谢的人至少有两位。一位是我的母亲。我是在穷得连乌鸦都会哭着飞走的小山村长大的。上个世纪六十年代,如果不是母亲把她自己稀粥碗底历历可数的饭粒留给我带饭盒,我恐怕很难完整地读完小学。另一位就是我的导师。说实话,我考研面试的成绩并不理想。事后得知,就在为录取不录取我而出现短暂沉默的时刻,我的导师一拍桌子,说:"这个人我要定了!"那真是惊心动魄的七个字。因了这七个字,我的人生旅程从此峰回路转,柳暗花明。毫无疑问,没有导师,就没有日后的我、现在的我。至少,已经印行了一千三四百万册的不止一百本书,上面写的不会是我的名字。我想,在那个特殊时刻,恩师一定从我身上发现了特殊的什么。

不仅如此,母亲和导师还校正了我的情感层次和精神走向。母亲的爱,给了我心中最柔软的部分,给了我悲悯与乡愁;导师的爱,强化了我的良知,激励我敢于特立独行,并且让我在成为导师之后也努力发现研究生身上某种特殊的什么。比如某种人格光点,某种潜在素质,某种积极的心理机微。尤其注意引导他们不要俗,不要盲目从众,不要为了蝇头小利而污染自己的灵魂。

是的，不要俗，拒入俗流！这也是我今天的临别寄语。现代儒学大家梁漱溟先生尝言"恶莫大于俗"。你们知道，《红楼梦》中，宝钗之所以没有获得宝玉的心，根本原因，就是宝玉嫌她小小年纪便入了俗流。有人说大学如今也俗了，但外面的世界可能更俗。作为老师，不愿意你们在社会这个庸俗场上转眼学得叽叽歪歪、蝇营狗苟，甚至鬼鬼祟祟，不希望你们沦为钱理群教授嗤之以鼻的"精致的利己主义者"。诚然，很难要求你们人人都像古代屈原那样具有"举世皆浊我独清"的孤高情怀，也很难人人都像当代陈寅恪先生那样即使在"文革"十年，也敢于坚持"独立之精神、自由之思想"。不错，包括我自己在内，谁都不能完全免俗。但至少可以守住底线。底线就是，即使做不成好事，也至少不干坏事。即使不能成人之美，也至少不乘人之危。一句话，不污染自己的灵魂！人的真正幸福，绝不取决于灯红酒绿、衣香鬓影、腰缠万贯、一呼百应，而取决于静夜烛光中是否拥有安顿灵魂的心间净土，一分慈悲与温情。

但是，仅仅这样是不够的。拒入俗流还意味着要有社会担当意识。你们到我这个年纪，至少还有三十年时间。而三十年时间，完全可以使你们成为震惊世界的科学家，成为著作等身的学者，成为呼啸沙场、决胜千里的将军。要做百分之一！一个民族的时空，如果没有风华正茂的年轻精英，没有激情燃烧的青春岁月，哪怕再有票子、房子、车子，也是永远站不起来的民族。要做，就做芯片，做"中国芯"！到时候也让特朗普先生好好尝尝今天"中兴"受制于人的滋味！借用美国官员的话说，要让美方感受更多的痛苦！

是的，我们、你们，一定要有"道之所在，虽千万人吾往矣"的担当精神，要有"心事浩茫连广宇"的家国情怀。而在修辞方式上，或许崔卫平教授的说法更为你们所熟悉："你所站立的地方，正是你的中国。你怎么样，中国便怎么样。你是什么，中国便是什么。你有光明，中国便不再黑暗。"

而我，而老师、老师们，将在这里长久守候。"即使夜深了，也会给你留着灯，留着门——只是，你得是有出息的孩子，而且，我们相信，你是有出息的孩子！你们会是有出息的孩子！"这是北大朱苏力老师的话，也是此时此刻你们的母校所有老师最想说的话。请你们记住，请你们相信！

2021 年 5 月 17 日

为什么读书和为什么打麻将

先说句题外话。我有个在东北老家当农民的弟弟。也许你不相信，哥哥是教授，弟弟会是农民？可他的确是农民，一如我的确是教授。在这点上，作为教育工作者的我不能不承认教育的局限性。一母同胞，同样的基因，同样的家庭环境，上学又上的是同一所小学，任课老师也几乎相同——教完我的老师教他。可你说怪不怪，他做什么都比我聪明，就是学习比不上我。而且他压根儿不想学，小学四年级没读完就宁肯干农活去了。怪谁呢？怪什么呢？一个谜。

不过我喜欢这个农民弟弟，哥俩儿相当要好。今春老家（长春市九台区）疫情特别严重，我担心误了农时，好在他刚一允许出村就跑去我的"山居"种瓜种豆种花种树，前不久我回来，但见窗前屋后花花绿绿一派生机。他有两个喜好：一是喝小酒，二是打麻将。喝小酒有时哥俩儿一起来两盅。打麻将一起不来，我不会，还不时劝他少打，最好别打。他住在离我不很远的村庄，隔几天就跑来一次。有时一闪瞧见他进门了，正看书的我才放下书。一次他问我：为什么老看书，书就那么有意思？我反问他：你为什么老打麻将，打麻将就那么有意思？他说：不打麻将干什么？挂锄了没活儿可干。我说：我不看书干什么？放假了没课可上。

这样的对话哥俩儿不止对了一次。可以说，我并没有"万般皆下品，惟有读书高"的优越感，也没有歧视打麻将的意思，而是把阅读和打麻将同样看成一种消遣方式、一种娱乐活动。正如弟弟除了打麻将不知干什么好，我除了看书也不知干什么好。也就是说，打麻将和看书成了我们的生命存在状态本身。不打麻将，不看书，就意味着换作另一个人活着。而那怎么可能呢？过去搞了不少运动，要求改造思想、改造世界观，而一旦运动不搞了，大家就都故态复萌，重操旧业，琢磨数学的还是琢磨数学，鼓捣哲学的还是鼓捣哲学，喜欢外语的还是喜欢外语。正所谓江山易改，本性难移。

说回看书和打麻将。自不待言，即使看书和打麻将同是消遣、同是娱乐，那也还是有区别的。一个是成本区别。据大弟弟说，就算两三毛钱一把，口袋里没有几百元钱也是不敢坐在那里的。相比之下，一本书才多少钱？何况一本书可以消遣好几天。读书即使不是门槛最低的雅兴，也是成本最低的消遣。第二个区别是健康方面的。打麻将一般都要正襟危坐，神经绷得紧紧的，两眼盯得直直的，而且连续作战。听说曾有麻友怕跑了手气而轻易不敢去卫生间，结果一下子把膀胱憋爆了。总之影响健康。而看书就随便多了，躺着歪着看、吃着喝着看均无不可。看一会儿放下书，望一会儿远山近岭、红花绿树，或半轮明月、满天星斗，甚或哼一支小曲、唱一段京剧也悉听尊便。据说喜欢看书的人相对长寿，道理就在这里。

第三个区别呢，是心情上的。打麻将，即使赢了，得到的快乐也大约是功利性的、官能性质的。而读书带来的快乐，则是由心底静静涌起的超越功利性的快乐，"每有会意，便欣然忘食"。一次给研究生上课，我说一个人如果不懂宋词之美，那可真是赔大了，损失大了。这是因为，宋词在表现微茫的情绪，在将微茫的情绪化作语言审美、纸上审美方面，可以说是一个难以逾越的高峰，出神入化，曲尽其妙。而且具有现代性——现代人常有的小纠结、小郁闷、小感伤、小孤独、小惆怅等种种微妙渺茫的情绪在宋词中都有表现，给人以莫可言喻的审美愉悦。

为了避免误会，最后我要再强调一句，我并不歧视打麻将。不过若能把打麻将和看书结合起来，那真是再好不过。民国时期的张恨水、徐志摩、梁启超就是这方面再好不过的例子。他们既是为文高手，妙笔生花，又是麻将高手，"妙手回春"。文友、书友、麻友，齐头并进，相映生辉。请听梁启超那句名言："只有读书可以忘记打麻将，只有打麻将可以忘记读书。"可见二者可以完美地共存于、和谐于同一人身上。一会儿大弟弟来，我要让他带我去麻将桌见习见习，下一篇专写打麻将。一言为定！

2022 年 7 月 12 日

阅读2021："苹果的种子内，有一座看不见的果园"

有人说，人世间最好的事情，就是教书与种树。何其幸运，这两件好事就像联翩而至的中秋节和国庆节一样稳稳落在我的头上——我的本职工作是在城里教书，最大的乐趣是在乡下老家种树。教书就要看书，今年看的书里边，恰好有一本叫《北方有棵树：追随大自然的四季》（欧阳婷著，商务印书馆2021年1月版）。

我的故乡就在北方，东北，长春远郊。十年来我在那里栽种了百十棵树：院内李树、杏树、梨树、海棠、樱桃、山楂，院外柳树、榆树、枫树、椴树、桦树、核桃树。还有花花草草：萱草、百日草、鼠尾草、石竹、芍药、蜀葵、翠菊、矢车菊、金光菊……原本打算从明春开始以日记形式追随它们生长的脚步，最后结集出书，没想到被捷足先登——《北方有棵树：追随大自然的四季》。书相当厚，443页，好在有图，文字也不马虎，而且情真意切，读来饶有兴味，感觉比我想要写的写得好。

比如椴树开花："椴树开花有意思的地方，在于随着花序的生长，伸长的每束花柄上，同时还长着一片细长的淡绿色苞片，像是保护着细嫩的花骨朵，也像是姑娘穿着的衬裙，一眼望去深绿浅绿淡黄重重叠叠，非常有层次感，叶片、花片和花序的组合，也可以说是'三位一体'了。"说实话，我栽的椴树今年也开花来着，由于花不显眼，所以是先嗅得一阵阵香气才注意到花的。我就想，难怪椴树蜜那么甜，原来花这么香。于是我得出一个结论：花越香，蜜越甜。今年得多买两罐椴树蜜带回青岛慢慢受用。得，完全没有诗意，俗！

作者一边写树，一边说花。关于北方最常见的百日草，作者想起并引用了黑塞的感受："健朗、耀眼的百日草是盛夏至先秋之间色彩飨宴的典型代表者，它们简直就是'光彩的迸溅和色彩的欢呼'。"一个雨后的傍晚，作者再次引用黑塞的观察："随着叶面一分一分地转暗，花朵的颜色反而焕发得更浓艳，灼亮如教堂的彩色玻璃窗，这光景大约持续数分钟之久，随后光焰慢慢熄灭。"百日草也是我每年回乡在窗前种得最多的花，翻看夏天的日记："大朵红色重瓣，如昔日上海滩雍容华贵的少妇；小朵粉色单瓣，如邻院情窦初开的村姑。白色的恍若一掬初雪，黄色的宛似半点夕晖。"是的，我不至于像黑塞那样联想到教堂的彩色玻璃窗。无他，盖因这些房前屋后、路边篱角的百日草，连同花丛下老母鸡领着一群毛茸茸的小鸡崽咕咕觅食的身影，温暖过我的整个童年。也就是说，之于我，百日草是看得见的乡愁。

书中一些比喻很见特色：木瓜的树干美得让人语无伦次，棣棠花蕾如一个个音符，恣意绽放的山桃就像定点爆破在松柏间的柔软烟花，将开未开的玉兰像是基座毛茸茸的满树灯笼……作者甚至说树冲淡了她看牙时的惊惧："树有多么重要呢？我看牙的时候，很庆幸被安排的诊室，刚好躺下坐起视线都可以对着一扇大窗和窗外绿绿的树荫，就算耳边全都是如机械电钻般的声音，也还是觉得好受一些。"喏，树便是这么重要！那么树从何而来呢？种子！作者于是仔细观察了各种各样的树种——"苹果的种子内，有一座看不见的果园"。请让我补充一句：前提是种子没落在水泥地上。而这本书的一个价值，就在于字里行间充满对花草树木的怜惜和疼爱之情，让我们不忍心在树下铺满水泥，而给苹果种子留下松软的土壤，为子孙后代留下一座座果园。

不仅提到黑塞，这本书还提到木心。写种子因下雨发芽，"像木心说的，'际雨而芽'……这四个字真是生动"。也是因为今年是木心逝世十周年，我看了《文学的鲁滨逊：木心的前半生（1927—1956）》（夏春锦著，华文出版社2020年10月版），看了《木心先生编年事辑》(夏春锦著，台海出版社 2021 年 5 月版)。木心在前一本书中这样概括人与自然的关系："中国的'人'和中国的'自然'，从《诗经》起，历楚汉辞赋唐宋诗词，连绵表现着平等渗透的关系，乐其乐亦宣泄于自然，忧其忧亦投诉于自然。"深谙中国古典的木心无疑是个热爱自然的人。书中记载，一九五〇年他曾在他父亲留下的杭州莫干山别墅里为看竹子"乃将双眼休眠了一夜"。

但木心真正的优雅与高贵，在于他不幸被迫淘了几年厕所后仍保持了"竹可焚而不可毁其节"的节操，而没有随波逐流自轻自贱。请看《木心先生编年事辑》的记述：一九七八年任上海手工业局局长的书法家胡铁生，毅然起用在工艺品厂淘厕所的木心，任他为"庆祝建国三十周年工艺美术大展"总设计师，为此找他来办公室谈话。见面前，他猜想"木心一定焦头烂额，蓬首垢脸，畏畏缩缩，但推门进来的竟是一个挺挺括括气宇轩昂的男子，站在局长面前不卑不亢"。胡铁生之子胡晓申回忆："父亲将我介绍与他认识，初次见面，就感觉此人温文尔雅，五十岁左右的他，穿着得体，双眼炯炯有神，身上有一种贵族气质。"——谁会想到此人，一个有唯美洁癖的人前一天还在"用双手在厕所通到墙外的阴沟里捞污秽堵塞的垃圾"呢？

而那是写出何等神奇文字的一双手啊！中国人民大学文学院教授孙郁在《文学的鲁滨逊：木心的前半生

（1927—1956）》的《序言》中秉笔直书："青年人的欣赏他，原因自然有种种，但其中不乏一种对古风的追慕，古希腊与中国六朝精致的美，我们于今人笔下久矣不见，而竟复活于其笔下。"孙郁继而断言："他的写作让我们看到了汉语的潜能。"在这个意义上，木心也是苹果的种子，里面"有一座看不见的果园"——是时候好好研究和爱护这颗种子，不要在这颗种子上面铺水泥，给它以"际雨而芽"的土壤！

此外，由于为我所在的中国海洋大学做的通识教育讲座涉及"物哀""幽玄""侘寂"这日本三大美学概念，所以作为参考书我还看了中国台湾林文月译的《枕草子》（译林出版社2021年11月版）和广东外语外贸大学王向远译的《新古今和歌集》（上海译文出版社2021年6月版）。不知何故，我们林姓人好像不乏搞翻译的：林琴南、林语堂、林文月。即使林则徐，也曾极力提倡和组织翻译活动。我这个业余翻译匠当然无法高攀他们。血缘关系即使有，那也始自殷商比干、林坚，大可忽略不计。尽管如此，我还是认为林文月译的《枕草子》比周作人译的好。周译居然把一千多年前的古典活活译成了大白话。而且如林文月所说："似较偏向直译，执着于原文，例如原著中屡次出现的'をかし'一词，译文皆是'有意思'或'非常有意思'。事实上，'をかし'的内蕴相当复杂……"不过我现在看重的更是其序言对

"物哀"（ものあわれ）的解释："'物'是指客观对象的存在，'哀'是代表人类所禀具的主观情意。当人的主观情意受到外在客观事物的刺激而产生反应，进入主客观融合的状态，即呈现一种调和的境界。"

王向远则在《新古今和歌集》的《译序》中对"幽玄"做了足够详尽而切中肯綮的学术性考证和论述，读来颇有绝处逢生之感。记得多年前他在电话中以热切的语气告诉我，如果说日本文化对于世界文化有什么贡献的话，那么主要表现在美学方面。于是他开始转向日本美学研究，孜孜矻矻，日以继夜，以一己之力翻译了《日本物哀》《日本幽玄》《日本风雅》《日本意气》《日本茶味》《日本俳味》《日本诗味》《日本歌道》《日本书道》，以及四卷本《日本古典文论选译》、上下卷《日本古代诗学汇译》等日本美学专著。本本都是"硬骨头"，都是大部头，都是原典之作，都可能是里面"有一座看不见的果园"的苹果种子。

2021 年 12 月 12 日

阅读 *2022*：木心与中国文脉

　　自觉也罢，不自觉也罢，一年下来还是读了不少书。年末读的两本书尤其值得在此禀报，一本名为《我之为我，只在异人处：众说木心》（夏春锦、唐芳主编，湖南人民出版社 2022 年 6 月版），另一本是《国文课：中国文脉十五讲》（徐晋如著，广西师大出版社 2022 年 5 月版）。前者读来让我忘倦，高山流水，后者读之让我痛快，如坐春风。

　　先说关于木心的这本。我当然不是木心研究专家，外文出身的我手里这把小尺子，无论如何也丈量不来木心，充其量坐井窥天、以蠡测海。说痛快些，我只是木心的粉丝，粉丝没有水平要求。唯其没有水平要求，也就容易情绪化——对说木心不好的难免不悦，如鲠在喉，反之则拊掌称快。

最近让我称快的就是这本《我之为我，只在异人处：众说木心》。一如书名，"众说木心"。众说之中，首先让我看到了刚刚脱离"文革"困境的活生生的木心。如胡晓申追忆乃父与木心先生交往的文章，文中说他父亲、时任上海手工业局局长的胡铁生力排众议，毅然把正在工艺品厂扫厕所的"三类分子"木心调出来委以"庆祝建国三十周年工艺美术大展"的总设计师之职："孙牧心（木心）这样有才华的设计师，让他扫厕所是极大的浪费！对国家也是损失！立即调出来，以后出任何事，由我承担！"并且把木心介绍给儿子胡晓申。"初次见面，就感觉此人温文尔雅，五十岁左右的他，穿着得体，双眼炯炯有神，身上有一种贵族气质。"不说别的，一个在工厂最底层扫了多少年男女厕所的人居然没有变得猥琐不堪而让人感觉出"贵族气质"，这需要怎样的内心修为！胡晓申还说"木心就像一本百科全书"，回忆道："在办公室，木心经常一手拿香烟，一手放在膝盖上，精神健旺，恰似上海人讲的'老克勒'那种派头。同他聊天甚是开心，他从艺术、历史、人物娓娓道来，神采飞扬，喜怒溢于言表；他机智即兴，妙语连珠，聊到尽兴时，简直像个孩子，很是可爱。"喏，不仅有"贵族气质"，而且是"百科全书"。须知，他是一九六八年至一九七八年在工厂被管制劳改，当时"总是低头遮颜，贴墙根走路"（陇菲语）的人啊！感谢胡铁生这位

"伯乐"！

这里有一个启示：一个了不起的人一般不会过多地抱怨环境，人可以"在绝望中求生"（木心语）。实际上木心也几乎不抱怨，不提"文革"。"与同时期移居国外的作家相比，他的笔下没有血泪控诉和尖锐批判，也不直白宣泄公子落难的酸楚和忧伤。他诗文中对自己在'文革'中的遭际几乎绝口不提。"我们从其作品中看到的是"一个空灵诗意的作家和艺术家木心"（丰云语）。相比之下，我们今天有多少知识人在市场经济和网络"流量"中把持不住并且满腹牢骚——愧对木心，也愧对这个比木心当年处境不知好多少倍的时代！

那么，何以木心如此"在异人处"，或我们何以如此有异于木心呢？原因固然许许多多，比如贵族气质或书中所言世家子弟的高傲等等。这里只想强调一点：文脉，木心连接中国文脉！这也是书中所收三十六篇文章中提及最多的一点。童明和孙萌等的文章认为木心的文脉，远可与《诗经》、先秦诸子首尾相顾，近可与明清、民国散文互通心曲。进一步说来，"木心雄博似韩愈，奇绝似黄庭坚，纤徐从容似欧阳修，情思深永似晏殊，一往情深似晏几道，一意孤行遗世独立则与陶彭泽千古同调"（赵鲲语）。借用人们相对熟悉的说法，焊接今文与古文的疤痕很好看。这也自然使得木心独步文坛，其作品极少与同时代作品发生横向关联，也找不到与其风格相近的作家、文体家。试想，木心和谁相近？郭鲁巴茅？钱锺书、沈从文、张爱玲、林语堂、梁实秋、余光中？都不相近，木心就是木心，迥然绝尘、拒斥流俗。一句话，"在异人处"特立独行。套用孙郁之语："我们当下的土壤里，不太会长出这样的树。"说来也真是一个奇迹，活在当代的人居然几乎可以和当代社会风潮、当代的人与事全然无涉——精神上疏离于时代，文风上疏离于当下，顾影自怜，遗世独立。说绝对些，文脉只与古人，与中国传统文脉遥相呼应。

也巧，手头有新到的《国文课：中国文脉十五讲》。何谓中国文脉？作者在《引言》中开宗明义："中国文脉二字可以尽之，曰风雅而已矣。"也许你说，风雅也好，文脉也好，不外乎吟诗作赋舞文弄墨，实乃雕虫小技壮夫不为，果真那么重要不成？据此书第十讲，就连王安石对此都有怀疑，认为诗赋无益于王道，提出罢诗赋及明经诸科而专以经义、论、策取士。苏轼则针锋相对，谓不能以"有用""无用"加以评判，指出以诗赋得为名臣者无可胜数，而明经通义者，为政则不乏迂阔矫诞之士。作者徐晋如就此评曰：

　　苏轼的见解极其深刻。自孔子开始，儒家就极重视诗教，因诗赋是人的性情的体现，难以作假，而思想立场却是可以伪装的。临民者如果没有淳厚的性情，只会残民虐民，以满足其功利。且诗赋乃雅言，以诗赋取士，必驱使天下士子追求高雅，而一旦习惯成自然，入仕后自然常怀谦抑之心。为官者如鄙陋无文，做事大多胡来。

思想立场可以伪装，而来自风雅诗赋的性情难以作假——可谓一针见血，深中肯綮。吾国曾经黄钟毁弃、瓦釜雷鸣，即使今日，类似状况也屡见不鲜，可见接续国之文脉是何等重要。而木心之所以为人为文风流倜傥、卓尔不群，刚才说了，一个主要原因，就在于他的血统流淌着中国文脉。"近些年，社会最大的进步，是体会到并承认中国文脉已断，不再如饮狂泉而不自知。"——龚鹏程先生在为此书所作序言中这样说道。说得好！顺便说一句，笔者有幸在一次青岛出版集团所设晚宴中与先生同席，得以当面聆听高论。宴后目送先生那一袭旧式蓝布长衫踽踽消失在灯火辉煌、高楼林立的街头，一时别有感慨。

《国文课：中国文脉十五讲》，讲唐诗自然是个重点，但篇幅有限，读之意犹未尽，就接着读了《唐诗三百年》（黄天骥著，东方出版中心2022年3月版）。此书以三十六首唐诗梳理唐诗三百年，纲举目张，气象万千，功力甚是了得。读罢掩卷，暗想：今人之关乎文脉、关乎风雅者，木心以外另有何人？于是读了《大师风雅》

（黄维樑著，九州出版社 2021 年 9 月版），书中就三位大师娓娓而谈：钱锺书、夏志清、余光中。不愧大师，着实风雅。

《大师风雅》没谈木心。幸亏没谈木心。近年来时有质疑木心"大师"之称的声音，有的洋洋洒洒长篇大论。可问题首先是，谁说木心是大师了？木心自己没说，《我之为我，只在异人处：众说木心》这本书中的孙郁、陈子善、马家辉等三十几位作者也没人说木心是大师。即使陈丹青，记忆中他也只是称木心为"师尊"，而非"大师"。退一步说，即使读者中有人说木心是"大师"，也犯不着如此冷嘲热讽、火力全开嘛！对木心这样世罕其匹、延续文脉的读书种子，是不是应该多一点温情与敬意？别的姑且不论，同是读书人，而你我读的书恐怕连木心的零头都算不上！虚心学他都学不过来，何必气呼呼忙着鸡蛋里挑骨头？换个比方，木心好比一座金矿——守着金矿不往金子上挖，而偏偏一锹接一锹挖石头，而且挖得汗流浃背、如醉如痴，岂非"饮狂泉而不自知"？！

2022 年 12 月 11 日

读书与艳遇

古人说："书中自有颜如玉。"有趣的是，即使对于当今外国人，这句话也未必不适用。比如日本人村上春树——村上文学中的主人公大多喜欢读书，有人因此有了艳遇。请让我从读书讲起，讲他们看了哪些书，看哪本书看出了"艳遇"。村上有部长篇叫《海边的卡夫卡》，里面有个主人公叫田村卡夫卡。这个十五岁的少年离家出走期间，既没有躲在网吧里打游戏，也没有到处游逛，而是坐在"甲村图书馆"里看书，说图书馆才是他真正的家。那么他看了哪几本书呢？看了《一千零一夜》，看了弗兰茨·卡夫卡的《在流放地》，看了夏目漱石的《矿工》《虞美人草》等好几本。看书不仅冲淡了田村卡夫卡的孤独感，而且促使他"成为世界上最顽强的十五岁少年"。

再如长篇小说《刺杀骑士团长》，里面有个出场人物叫免色，且看书中关于其书房的描述："一面墙壁从地板快到天花板全是倚墙做成的书架……书架无间隙地摆着各种开本的书籍……哪一本书都看得出有实际在手中拿过的痕迹。在任何人眼里都显然是热心读书家的实用藏书，而不是以装饰为目的的书架。"甚至卫生间里都摆着随手可取的书。一次主人公"我"问他：不孤独吗？他说：有这么多书还没看完，哪里会有时间孤独！没时间孤独！喏，读书多好，想孤独都不可能。

大家熟悉的《挪威的森林》里的渡边君就更喜欢书了。第三章有这样一段："当时我喜欢的作家有：杜鲁门·卡波蒂、约翰·厄普代克、司各特·菲茨杰拉德、雷蒙德·钱勒德。……我只能一个人默默阅读。同一本书读了好几遍，时而合上眼睛，把书的香气深深吸入肺腑。我只消嗅一下书香，抚摸一下书页，便油然生出一股幸福之感。对十八岁那年的我来说，最欣赏的书是约翰·厄普代克的《马人》。但在反复阅读的时间里，它逐渐失去了最初的光彩，而把至高无上的地位让给了菲茨杰拉德的《了不起的盖茨比》。而且《了不起的盖茨比》对我始终是绝好的作品。兴之所至，我便习惯性地从书架中抽出《了不起的盖茨比》，信手翻开一页，读上一段，一次都没让我失望过，没有一页使人兴味索然。何等妙不可言的杰作！"再往下，我不说你们也早都知道了，渡边君还因为读这本书交到了永泽那个朋友。永泽说："若是通读三遍《了不起的盖茨比》的人，倒像是可以成为我的朋友。"说起来，除了永泽，渡边君没什么朋友。倒是有直子、绿子两个女朋友，可情况那么复杂，那么纠结。可想而知，如果没有书，他的青春不知会有多么孤独！

对了，书不仅可以让人像渡边君那样交到同性朋友，甚至可以交到异性朋友。猜猜是哪一本书中的？《东京奇谭集》。这部短篇集的第一篇名叫《孤独的旅人》。主人公是钢琴调音师。每个星期二他都在一家书店的咖啡屋看书。有一天，邻桌一位同样静静看书的女子问他正在看的书是不是狄更斯的《荒凉山庄》。主人公反问："您也喜欢《荒凉山庄》？"女子扯下包书皮，出示封面，说自己也在看《荒凉山庄》。女子个头不高，"胸部丰硕，长相蛮讨人喜欢。衣着很有格调，价位看上去也不低"。两个人开始交谈，中午一起去购物街一家餐馆吃饭。下个星期二两人仍在咖啡屋各自闷头看《荒凉山庄》。看到中午，女子开车一起外出吃饭。吃完回来的路上，女子一把握住他的手，说想和他去一个"安静的地方"。至于这"安静的地方"是什么地方，不说也罢。那么钢琴调音师去没去呢？我就更不说了，大家分头去买《东京奇谭集》自己看好了。故事的发展绝对有意思。这里至少有这样一个教训或启示：假如两人看的不是同一本书，而是同一牌子同一款手机，那怕是看不出"安静的地方"那般美妙的地方的，这点我可以说给你。

最后我想说，这事我也遇见过。可惜不是我的艳遇，遇见的是别人的艳遇。几年前的事了，那年春节去厦门旅游，我正穿着风衣在暮色苍茫的街头东张西望，十多年前采访过我的《厦门日报》的一位记者一眼把我认出来了。晚间带来十几位文友捧来一大堆我译的、我写的书要我签名留念。其中一位男诗人说我是他的媒人，特意向我表示感谢——当年他在书店翻看《挪威的森林》时，走来一位女生也从书架中抽出《挪威的森林》（倒不是《荒凉山庄》）一下子看得入迷。机不可失，这小子赶紧搭讪，结果就不用说了，那位山师大的女生成了他的女友，又成了他的太太，小孩都有了，一家三口在鼓浪屿过得兴高采烈、和和美美。"要不是林老师您翻译了《挪威的森林》，哪来的'一加一等于三'啊！您是我们的媒人啊！"我笑道："媒人不是我，是村上，是《挪威的森林》。"书为媒！在场所有人不约而同地把书举了起来。假如两人看的不是同一本书，而是同一牌子同一款手机，那怕是看不出"一加一等于三"的。这点基本可以确定。

2022 年 7 月 12 日

2020，另一种孤独

2020，二〇二〇，岁在庚子，孤独的一年。"百年孤独"不至于，一年孤独，尤其上半年。

作为生物属性，人大多性喜群居；作为精神质地，人可能无不孤独。但2020年的孤独，无论外在状态，还是内在感受，不妨说都是不同以往的非常规性孤独，另一种孤独。无他，盖因疫情，因疫情造成的"社交距离"：重则"封城""封区"，轻则居家隔离、居家办公、居家上网课……情愿也罢，不情愿也罢，委曲求全也罢，正中下怀也罢，谁都不能例外。防疫高于一切，生命高于一切。

我当然也不例外，同样面对和感受另一种孤独。庚子春节为公历1月25日。春节前一个星期飞来大理，苍山洱海，丽日晴空，古老街巷，红嘴海鸥。石板路，木棂窗，玉兰花，冬樱，青瓦，白墙……客栈门前小桥流水，金桂飘香，门楼凌霄花蒸蒸腾腾，一片落晖。下行不远即是商业街，店铺栉比鳞次。左顾右盼，或器物琳琅满目，或食物花样翻新，应有尽有，要啥有啥。我由衷感叹：还是出来转转好！书中世界诚然精彩，而书外世界更精彩。

正当我要尽情吃喝玩乐、尽兴游花逛景之际，疫情风声渐紧，时值旅游旺季的大理古城，虽未发现异常，但为慎重起见，所有城门毅然关闭——"封城"，城内客栈的游客尚可留宿，而城外的游客恕不接待。昨天晚间还满街满巷，欢声笑语，波涌浪翻，今早醒来一看，简直是诸葛孔明"空城计"的 3D 打印版，所有红男绿女统统"人间蒸发"，无声无息，无影无踪。窥看邻院少女打理的商铺，"人面不知何处去，桃花依旧笑春风"。再看坡路上面的古城门，门倒是开了，但门两旁各有警员把守，门外几位老者手持扫帚扫来扫去，只差城楼上没有孔明焚香操琴。回头步入城中心，但见四围空旷，房舍俨然，万籁俱寂，地老天荒。

仅我一人！天涯孤客，形单影只。感觉甚是奇妙，我甚至上来几分诗意。可惜诗未作完，肚子咕咕叫了。于是开始搜寻餐馆，然而大小餐馆尽皆"暂不营业"。所幸客栈老板娘邀我搭伙，庶几无饿殍之忧。翻译家？教授？你以为你是谁！

日暮时分，我独自沿城墙根朝东走去，远看墙外高低错落的苍山和山顶云絮渐浓的晚空，耳畔隐约传来山溪的玲玎声。左侧，民居、客栈关门闭户，唯有院里的一丛丛菊花兀自开放；右侧，青砖城墙笔直延展开去，空无人影，萧索苍凉。蓦地，村上《世界尽头与冷酷仙境》中的"世界尽头"浮上脑海："环绕钟塔和小镇的围墙，河边排列的建筑物，以及呈锯齿形的北尾根山脉，无不被入夜时分那淡淡的夜色染成一派黛蓝。除了水流声，没有任何声响萦绕耳际。"假如城外再有披一身金毛昂首朝天的无数独角兽们出现，我肯定去了世界尽头……

但我当然没去世界尽头，而在走到城墙尽头后折身返回客栈。无处游了，不得逛了，只能看书。所幸带了书——夏目漱石的名作《草枕》行前刚刚译毕，为写译序而带了几本日文原版书，有日本学者写的漱石评传，有漱石夫人口述的和漱石之子写的漱石回忆录。边看边写，本想写三千字的译序，很快写了五千字。五千写完无事可干，写到八千，写得淋漓酣畅，笔底生风。在感叹夏目漱石的才华的同时，也为自己突如其来的才华惊诧不已。感谢"封城"？感谢"封城"带来的孤独？是的，事情总有两个方面。正如村上的长篇《刺杀骑士团长》所言："哪怕云层再黑再厚，背面也银光闪闪。"

日文书看完了，译序写完了，仍有几天空了出来。

于是看在机场买的余光中散文集《听听那冷雨》，一连看了两遍，有几篇看了三遍不止。看一遍有一遍收益，越看越为余光中的才华佩服得五体投地。真正的才华！文体家！不说别的，且看那八十八字的《乡愁》，平实、简约、深沉、蕴藉，不着一字，尽得风流。是乡愁，又何尝不是孤独："……我在这头，大陆在那头。"先生去世三年多了，倘今天仍在，不知孤独到何种地步，另一种孤独，旷世孤独，家国孤独。

终于回到青岛，当即居家隔离。所住校园的居住区与教学区之间设了一道一人高的铁丝网，校门不许随便出入，只好在家中继续看看写写。为日汉对照版《我是猫》加注，时而和猫——为翻译《我是猫》而养的猫——一起嬉戏，把手机屏面对着阳光反射的光一晃一晃投在墙上，看它一上一下飞快而执着地捕抓那光点。时过不久，上海译文出版社和我联系，要我为因为疫情窝在家里感受孤独的年轻人讲讲读书，以通过阅读化解孤独、升华孤独。线上讲，没了往常坐无虚席甚至立无虚地的会场，没了掌声、鲜花、笑脸，没了"互动"时的提问和签名时的长队，只我一个孤零零地面对眼前孤零零的手机显示屏，面对虚拟空间、虚拟听众。同样的讲座形式和孤独体验很快又在为本校研究生上"慕课"时重复一遍……

不过这期间让我开心的事也不是没有。翻阅日记，

2月26日写道："迎春花开了！青岛迎春第一花。零下也不在乎，疫情也不在乎，可爱极了，也让我羡慕极了——独而不孤！同一株，前年开，去年开，今年开，明年后年还开……不知有几度春秋。而人呢，仅此一次！是的，我也曾青春年少，而今两鬓秋霜；也曾呼啸疆场，而今古道夕阳；也曾仰天大笑，而今独困书房。好在迎春花开了，春天了！但愿疫情快快过去，快快出门踏青。"

尤其开心的是钟南山笑了。2月21日的日记写道："抗疫专家钟南山笑了，终于笑了！总算笑了！幸亏笑了！笑出了希望，笑出了信心。他的笑才用得上村上春树的比喻：就好像厚厚的云层倏然裂开，一道阳光从那里流溢下来，把大地特选的区间照得一片灿烂。"事实也证明钟南山笑对了——3月31日的日记这样写道："上午去海边散步。往日的寻常风景，此时仿佛焕然一新，着实让人舒了口长气，很想上前拥抱问候每一个人。如此人口众多的国家，四十天抗疫就能让市民重回阳光海滩，无论如何都是了不起的！"

相比于西方某些国家，应该说，即使孤独，也是奢侈的孤独！

别了，2020！2021，不再孤独！

2020 年 12 月 20 日

论学问，秦桧应该在岳飞之上……

刚刚过去的十月中旬，"村上春树文学多维解读"学术研讨会在杭州师大举行。作为村上文学专题研讨会，这在中国大陆还是第一次。除了大会主旨发言，我还在闭幕式上得到致辞的机会。容我在此大体重复一遍。

作为一名普通与会者，能够在会期仅仅一天半的学术研讨会上获得两次登台发言的机会，在我迄今为止的人生中似乎仅此一次。所以有此幸运，一个主要原因想必在于，就村上文学而言，无论翻译还是研究，我都算是先行者、拓荒者，一般说来，人们总是对先行拓荒者怀有某种敬意甚至给予特殊关照，纵使那个人未必多么劳苦功高。

是的，我是有效译介村上文学的第一人。早在上个世纪的一九八九年，我在广州的暨南大学翻译了作为第一本村上作品的《挪威的森林》。星移斗转，暑尽寒来，倏忽之间，尔来三十有二年矣。翻译之初，我仍拖着一小截青春的尾巴，大体满面红光，满头乌发；而今，残阳古道，瘦马西风，鬓已星星矣。抚今追昔，不胜感慨。

好在，岁月并未完全虚掷，包括四十四本村上作品在内，迄今总共译了写了百十来本书，读者堪以几千万人计，也因此浪得了些许浮世虚名。理所当然，自己也为此付出了未必所有人都曾付出的代价。甭说别的，都这么一大把年纪了，居然连个党支部副书记都没混上，教研室副主任都是自己的领导。夜半更深，冷雨敲窗，我每每痛感自己人生中失去的东西是多么宝贵，多么沉重，多么追悔莫及，倏然间老泪纵横虽不至于，但独自咬着被角吞声叹息的次数，绝对不止一次两次，倒是不曾一一数过。

如果你想说尽管如此，但我还是要向林老师学习，也想用一支笔拨动那么多人的心弦，那么恕我倚老卖老，在此给年轻朋友——仅限于年轻朋友——三点建议，或者三点忠告。老马识途固不敢当，但终究是老马，走过的路总还是记得一点点的。

第一点，关于翻译。我多少留意过包括年轻老师在内的年轻译者的翻译，坦率地说，让我欢欣鼓舞的实在不是很多。什么原因呢，因为不是从语感、语境到翻译，而是从语义、语法到翻译，也就是从辞典到翻译。打个比方，人家村上春树在地下室里摸黑鼓鼓捣捣，你却在二楼灯光明亮的标准间里翻辞典查"百度"，自然不解堂奥之妙。而不解堂奥之妙，也就无所谓文学和文学翻译。换个说法，文学翻译，不是翻译字面意思，而是翻译字背后的信息。为此起码要有阅读量。当年我曾一再告诉我的研究生：没读过十部长篇原著，别来跟我学翻译谈翻译。理由就在这里。

还有，翻译完了最好写一篇译序或译后记。时下流行裸译，无序无跋，上桌就端碗，开门就上床。须知，一篇几千字的译序，深入一步，就是论文；平推一步，就是讲稿；转换一步，就是随笔。我在《外国文学评论》上发表的五篇论文，三篇即由此而来，教授职称，基本顺手牵羊。翻译之为用大矣。而如此一石三鸟或狡兔三窟之事，却被你活活放过，你傻不傻？用东北话说，虎不虎啊？

这是第一点。第二点，关于学术研究，学术研究的选题和文体。先说选题。选题要大气点儿，要多少有趣好玩儿一些，要使之成为自己学术生涯、精神巡礼以至灵魂攀缘的一个始发站，而不要一开始就把自己逼入死胡同，或者用来拿到职称就弃若敝屣。这就要有发散性、折射性、边缘性思维。我在日语这个圈子里混了大半辈子，总体感觉，这方面好像细腻有余，大气不足，刻板有余，情趣不足。不妨断言，在中国语境中，一根筋从日语文本到日语文本，就难成气候。如村上研究，就村上研究村上，一路目不斜视穷追不舍，固然有必要也有价值，但要想做大做强，就必须同时放眼于日本传统文学以至欧美文学，在比较当中辨识其叙事血缘和文体属性。也只有这样，才能知晓村上文学会给汉语读者带来怎样的异质性审美体验。打个比方，仅仅测量杨贵妃的三围数据，哪怕再精准也意思不大。盖因其审美真谛在于"梨花一枝春带雨"。而这来自何等细腻而宽泛的审美联想啊！

再说两句文体。我们笔下论文的文体，受西方论文文体的影响太深了。分门别类，条分缕析，张口主义，闭口范式，干巴巴，冷冰冰，连个形容词和比喻句都找不到，存心让人读不下去。其实，西方也未必尽皆如此。请看《共产党宣言》："一个幽灵，共产主义的幽灵，在欧洲游荡。"开篇第一句就来个比喻。所以还是要回归经典，回归中国文脉，回归以整体审美感悟和意蕴文采见长的中国传统文学批评笔法。我以为，事关论文，尤其文学论文，不但要有说服力，还要有感染力，不但要言之有理，还要言之有趣，不但要有认知的深切，还要有文采和性灵的光芒。这就要求你不单单是学者，还必须是文人。请看王国维、陈寅恪、胡适、钱锺书、季羡林、朱光潜，以及李泽厚、余秋雨、余光中，作为大学者，哪一个不同时是写得一手好文章的文人？恕我说话尖刻，如今十个文科教授，有八个不会写文章。而不会写文章，再好的想法也得不到有效传播——言之无文，行而不远。

上面是第二点。第三点，关于做人。有件事我觉得颇为蹊跷。身在外语学院，深知外语教师差不多都有国外留学经历，因此本应是视野最开阔和尤为博采众长的群体，然而感觉上似乎并不尽然。有不少人，留学欧美，未能学得西人凌空高蹈、一往无前的形而上追求，负笈东瀛，未能带回日人孜孜矻矻、心无旁骛的匠人精神，而一回国就接所谓"地气"，畏首畏尾，患得患失，蝇营狗苟，叽叽歪歪。实话实说，我在外语学院期间，倒是跟文学院的更谈得来。一次跟文学院一位教授谈起某人某事，提及"操守"二字，那位教授拍一下我的肩膀，冷冷笑道："林老师，'操守'两个字用在他们身上，那可是太奢侈了啊！"你想，一个人，教授也好，博导也好，院长校长也好，如果背后被人这么议论，那有何颜立于讲台立于人世？借用易中天的话说："学问可以不做，人总不可以不做吧？"

所以我想，做人一定要有一点格局，讲一点操守，要有浩茫的心事和高远的情思。做学问，说到底是做人的问题。这些年天南地北没少忽悠，浙大、北大、复旦、南开，目力所及，还没见过哪个"精致的利己主义者"说出荡气回肠的话语，写出气势磅礴的文章，生发出长风破浪的气象。噢，这里是杭州，南宋临安。自不待言，论学问，进士及第的秦桧肯定在岳飞之上。尽管如此，秦桧也只能永远跪在岳飞脚下。学问不是一切，权位更不是一切。作为一个人，宁可去风波亭埋骨青山，也不浪费白铁在那里长跪不起。

以上三点，关于翻译，关于学术研究，关于做人，未必对，未必适用于所有年轻译者、年轻学者。所以，与其说是三点忠告，莫如说是极为个人性质的三点体会。而且，这篇小稿是酒后借着醉意写的，写多了，言重了，自吹了，没准是老年痴呆症的前兆？

2021 年 10 月 17 日

没时间嫉妒

前不久我在本校做了一场类似文学沙龙的讲座。我讲完了，轮到学生讲了。一位看外表无论怎么看都相当阳光的大男孩讲了他的种种烦恼、苦闷、困惑、犹疑，说有时就好像夹在《挪威的森林》里的直子和绿子中间无所适从。

我笑道：好一个奢侈的烦恼啊，俺想夹还夹不进去呢！不过男孩是认真的，我也必须认真起来。我收起权宜性讲座笑容，向他提了一个建议，建议他试着把嫉妒情绪排除在外，没了嫉妒，烦恼也好，郁闷也好，至少可以减少三分之一。作为具体做法，不妨向村上小说中的主人公学习，在笔记本纸页的正中间竖着画一条线，左边写自己的事，右边写别人的事，自己的归自己，别人的归别人，互不交叉，来个井水不犯河水。

也许你有疑问：那能做到吗？做得到，至少我是个例子。我这个人，当然有种种样样的缺点，比如刚愎自用、自吹自擂、自我中心、与人寡合，而且不做家务，年轻时和不很年轻时还多少有些好色。但优点也是有的，最大的优点就是不嫉妒。一次讲座互动的时候，听众席上有一位站起来夸我看样子心态好，问我是不是因为事业取得成功才心态好的。我回答说：不，是因为我不嫉妒。

真的，我从不嫉妒，没体验过嫉妒是怎样一种心理，怎样一种情绪。耳闻目睹，好像有人上幼儿园就开始嫉妒了，嫉妒小伙伴穿的衣服比自己的漂亮，嫉妒小伙伴爸妈接送的小汽车比自己家的气派。也是因为我是幼儿时连"幼儿园"这个词儿都没听说过，对此全然莫名其妙。那么上学以后呢？也不嫉妒。或许你要说那一定因为你成绩好。成绩固然好，但也不是门门都好，比如数学就比不上我的同桌，可我从不嫉妒，从未盼望她答个大鸭蛋，或者为她偶尔比自己低几分而偷着笑出声来。

工作以后也不晓得嫉妒是怎么一个劳什子。八十年代研究生毕业当大学老师工资很低，不是七十一块九毛就是七十九元一角，但也从没为谁比自己早提半级，工资或奖金多拿一个档次而心里痒痒的。论职称，副教授是破格提拔的，为当时广东省文科最年轻的副教授。而不出三年又要被破格提为正教授的时候，不瞒你说，吓得俺脸色发青，赶紧谢绝了。我自知自己这两下子比教授水平还差孙悟空一个筋斗云的距离——才不配位，岂非自取其辱，自找难受？后来出于种种原因，整整过了十年才当上教授。那期间我的同学、我的同龄同行，有的早是教授了，又当了院长、校长，但我不嫉妒，不眼红，不攀比。说白了，自己这点儿破事都琢磨不完，哪有闲工夫琢磨别人、算计别人、嫉妒别人呢？一句话，没时间嫉妒！

偶然的羡慕是有的，但那和嫉妒是两回事。二者的区别，打个比方，看见别人比自己跑得快，想让自己跑得更快，是羡慕；而想下腿绊子把对方绊个"狗抢屎"，那就是嫉妒了。另外，和眼下流行的"躺平"也不是一回事，毕竟课余翻译了一百多本书，又自己写了十多本，忙得休说躺平，连平躺的时间都要压缩。

另一方面，也因此有过尴尬。举个不怕家丑外扬的例子。去年长春市九台区在我从小长大的村庄设立了"林少华书屋"，里面摆着我翻译的和我写的书。同时在广场一侧的长廊以图片为主举办了所谓"九台文化名人林少华个人成就展"。揭牌仪式足够隆重，长春市委宣传部部长都来了。我就以为自己给家族争了光，提前通知远近亲戚前来看看，顺便招待一顿。令我惊诧的是，其中不止一两位根本不屑一顾，不是从头到尾低头看手机，就是扬脸朝天不知看什么。事后我问弟弟怎么会是这个样子，弟弟说：大哥你看了那么多书，也活这么一大把年纪了，连这个都看不出来？人家嫉妒你，认为你是显摆、嘚瑟！听得我心里一阵发凉。这么着，有一位后来要我关照他的下一代的时候，你说我能一口答应吗？我在这里给大家讲这个的真正用意是：嫉妒会让你失去机会。没有人愿意给嫉妒自己的人提供机会。你也就因此少了成功的机遇。

最后说一句，我不但不嫉妒别人，而且非常欣赏别人的优点和长处。回想起来，这在客观上让我偏偏得了若干机遇，包括我翻译村上作品的机遇——那是别人推荐我翻译的。

记住，嫉妒是最要不得的情绪！说严重些，它甚至可能使你身在天堂，心在地狱！

2022 年 10 月 24 日

新加坡之行：空姐和司机

去了一次新加坡。有生以来第一次，估计也是最后一次。倘有来生，并且来生新加坡仍在，也许会以某种形式再去一次。但来生的有无，无法证实，亦无法证伪，所以还是得先把这次记录下来。之于个人倒也罢了，之于历史，没有记录就等于啥也没有。

五月下旬去的。原本没想去哪家子新加坡。实际上作为旅游目的地，专门去新加坡的好事者也鲜乎其有，一般都新马泰捆绑着跑一次。作为我，不知何故，若是柬埔寨、尼泊尔，自忖不妨一去，新马泰则硬是上不来兴趣。两三个月前所以专程飞赴狮城，盖因人家有请——彼国《联合早报》联合新加坡国立南洋理工大学举办新加坡文学节，除了迟子建、格非两位响当当的原创小说家，还特意问我这个翻译匠去不去，而且似乎生怕我不去，当即亮出底牌：所有费用全包，外带演讲酬金，住则五星级酒店，行则双飞头等舱，食则南洋风味美食。我一听乐不可支，那哪能不去呢?!

8：55起飞。机票人家订的，没搞清是何国航班。空姐颇具东南亚风情，肤色黑得恰到好处，腰肢"魔"得恰到好处，紧身连衣裙，紧得让人心惊肉跳，生怕其胸前纽扣四溅开来，每次走过都送来椰子熟透般的果香。大约六个小时后的午后，安全飞抵新加坡。你别说，去酒店的路上还真有许多椰子树，巨大的叶片如一把把扫帚把天空打扫得干干净净，椰子果如点在空中的无数个引人遐思的丰满的删节号。不出一小时即到酒店：THE FULLERTON HOTEL，富丽敦酒店。开车接我的张女士介绍说，酒店是由殖民地时代的邮政总局转化而来。果然老派、气派，颇像青岛当年留下的总督府。房间典雅温馨，宽大的写字台，高背转椅，傍晚的阳光透过缥缈的窗纱淡淡播撒进来，恍若童话。单人沙发右侧的茶几上放一大盘热带水果、一瓶红葡萄酒。

时间距入夜尚早，我决定先去酒店附近有名的唐人街"牛车水"看看。一辆出租车乖觉地开来酒店门前。司机是一位七十光景的老华人，面色红润，表情和善，头发整整齐齐，衣着干干净净。司机?瞧这形象，比之大学教授都绰绰有余。不瞒你说，我身边的同事大多形容枯槁、愁眉苦脸。我夸他中国话讲得真好。"当然得往好里讲啦，不然哪有生意做噢？眼看中国越来越厉害，来的中国人越来越多——识时务者为俊杰！"嗬，识时务者为俊杰！非我妄自菲薄，在中国京沪穗等南北大城市不知坐了多少次出租车，而说出"识时务者为俊杰"这般书面语的司机，还一次都没碰上。老先生问我是不是来公干，我回答《联合早报》找我来参加文学节，公干私干兼而有之。半是出于礼节，我接着夸说新加坡也蛮够意思啊，这么整洁，这么堂皇。"哼，全都给他们拿走了，拿走了又拿出百分之三十装装样子给老百姓看啦！《联合早报》也是他们控股的噢，反对他们的话休想在那上面发表……"我约略打量了老先生一眼。从言谈举止来看，他不像是中国改革开放后新来的，应该是土生土长的新加坡人，不至于受过马列教育——倒是不能断言他一定没看过《共产党宣言》和《资本论》——但他口中的"他们"明显不是一般人称代词，而带有并非虚拟的政治意味……

富丽敦酒店敦敦实实坐落在新加坡河畔，同高高尖尖的一色纯白的中国银行比邻而居。河对岸是新加坡国家博物馆和邓公塑像。这里据说是新加坡金融中心区。河两岸高楼大厦比比皆是，各色灯光宛如元宵灯会。不很远的远处闪出金沙酒店由三座高楼擎起的船形游泳池。在那么高的"船"里游泳，心情就一定妙不可言？

反正我是无法理解，也无从想象。当富豪也够折腾人的，反而我觉得在这河边东张西望散步才妙不可言。是的，入夜时分我独自在河边的步行道上缓步前行。一身短裤背心跑步的高大丰硕的西方男女，不知是马来人还是印度人的皮肤黝黑而眼睛特别白亮的情侣，当然更多的是同中国大陆女孩无异的短裙时髦女郎。英语，马来语（？），华语（汉语），交相传来耳畔。波光粼粼，晚风习习，仰观宇宙之大，俯察品类之盛。心情不坏，比爬上楼顶"狗刨"好多了！而另一方面，我敢担保，夜幕下的整个新加坡街头，兴冲冲、傻乎乎独自散步的男人，笃定只我一个。异国他乡，天涯孤旅，不也别有情致？孤独，但不孤单；寂寥，但不寂寞；感慨，但不感伤。诗与远方，妙不可言！

第二天晚间在首都大厦广场主舞台对谈，和《联合早报》一个模样俊俏的小伙子对谈村上文学。满座，提问争先恐后。结束后，两个更俊俏的男孩和一个女孩上台要求合影。问之，从吾国来此读初中的，一看就知聪明得不得了。第三天同新加坡文艺界座谈。一位老先生谈及中国大陆时，竟一时语塞，悄悄抹了一把眼泪，令人动容。第四天上午轮到我在华族文化中心表演厅演讲，讲"文学与文学翻译的可能性"。"互动"过后，一位女孩走来告诉我和我同乡，一个县的！来新加坡读完大学，留下工作了。他乡遇故知，四喜得一！

转眼回国两个多月了，不时回想新加坡之旅，回想出租车司机的"识时务者为俊杰"，回想老华侨的眼泪……

2018 年 7 月 20 日

问世间，情是何物

"问世间，情是何物"

　　日前上网，发现一只像是大雁的鸟儿拖着一支长箭飞行。看文字报道，得知照片是石家庄一对摄影爱好者夫妻在滹沱河湿地抓拍的。鸟的准确名称叫白腹鹞，国家二级保护动物。这对夫妻先打 110 报警，然后打市长热线，由野生动物救护站牵头，一二十人展开长达九天的营救行动。最后出动两架无人机，在大疆公司的技术指导下，用无人机弹出一张网好歹把鸟网住。鸟的左腿被那支长达 1.1 米的利箭射穿，好在伤口没有严重感染，救护站医生认真做了处理，说休养十几天后可以重新飞归大自然。下一步，公安部门要根据留在箭杆上的指纹搜捕射箭的非法偷猎者。

　　看完报道，我又看了一次照片上带箭飞行的白腹鹞，飞行的姿势的确很像大雁。这让我想起以前偶然看过的江苏版语文课本，好像小学三年级下学期用的，里面一篇题为《争论的故事》的课文写到大雁。说巧也巧，课本居然给我翻找出来。故事说以打猎为生的兄弟俩为怎么吃大雁发生了争论，哥哥说煮着吃好吃，弟弟说烤着吃好吃。"兄弟俩争论不休，谁也说服不了谁。这时有个老人经过这里，兄弟俩就找他评理。老人觉得他俩说的都有一定的道理，就建议说：'你们把大雁剖开，煮一半，烤一半，不就两全其美了吗？'"而当兄弟俩抬头看时，大雁早已飞得无影无踪。故事的主题是：不管做什么，关键是要先做起来，而不是争论不休。

课文主题没有什么不妥。相比之下，引起我注意的是那位老人的话："你们把大雁剖开，煮一半，烤一半……"于是我眼前出现大雁惨遭屠戮的血淋淋的场面。剖、煮、烤，这是何等残忍的动作啊！须知不是剖树皮，不是煮豌豆，不是烤地瓜，而是对待一只大雁，一只可能领着小雁飞去南方过冬的大雁，一只作为国家保护动物的野生大雁！作为智者化身的老人怎么可以对年轻人这样说话呢？又怎么可以出现在小学三年级的语文课本中呢？

不由得，我想起自己念过的小学语文课文："秋天来了，天气凉了，一群大雁往南飞，一会儿排成个人字，一会儿排成个一字……"也是因为当时乡下常有这样的雁群飞过，它们在一碧如洗的秋日晴空中高高飞翔的优美身姿，甚至让我产生一股冲动，恨不得自己也变成一只大雁，悄悄跟在它们后面飞去，飞出那个三面环山的穷山村，飞去山那边、天那边……

我这么一边想着回忆着，一边继续翻动手中的课本。也巧，翻到了另一课《古诗两首》。一首是杜甫的绝句："两个黄鹂鸣翠柳，一行白鹭上青天。"看插图，白鹭也飞成个"一"字。按理，古人获取食物的渠道比现在困难得多，但古人目睹白鹭的反应是作了一首千古绝唱，而今人编的故事却要"把大雁剖开，煮一半，烤一半……"——作为杜甫的嫡系文化后代，怎么会差这么远？

更为感人的是金代文学家和历史名家元好问写的那首《摸鱼儿·雁丘词》。一千多年前，年仅十六岁的元好问在去并州应试途中，遇见一个捕雁的人，得知他把一只用网捕获的大雁杀死了，而脱网逃开的那只却一声声哀叫着不肯离去，竟然自行投地而死。元好问听了，大为感动，当场买了这对大雁葬于汾水河边，并写了这首词。

请看词的上阕："问世间，情是何物，直教生死相许？天南地北双飞客，老翅几回寒暑。欢乐趣，离别苦，就中更有痴儿女。君应有语：渺万里层云，千山暮雪，只影向谁去？"天南地北，老翅双飞，夏去秋来，几回寒暑，一路同甘共苦，此刻只剩自己，渺渺万里层云，绵绵千山暮雪，前程渺茫，形单影只，莫如一同死去。 开头两句由于金庸先生的引用更是广为人知："问世间，情是何物，直教生死相许。"生死相许，生死与共，朝夕相守，永不分离，这就是真正的爱情。 字里行间，充满元好问对殉情大雁深切的同情和真挚的爱心。千古之下，读来仍感人肺腑，发人深省，引人幽思。

而反观前面这篇课文，全然看不到这样美好的感情，看不到人与自然、人与动物和谐共生的理念，看不到爱，看到的只是赤裸裸的贪欲和血淋淋的残酷镜头。 说严重些，正是这种爱的教育、美的教育的缺失，才导致偷猎者把一米多长的利箭射向那只白腹鹞……

2022 年 5 月 4 日

和空姐吵架的我

空姐，空中小姐，亭亭玉立，举止得体，美目盼兮，巧笑倩兮。世界上所有男孩的梦中情人，所有男人的虚拟伴侣。

然而我和空姐吵架了，居然！

飞机 9:50 从首都机场起飞，飞往青岛。起飞前犹豫了好一阵子，磨磨蹭蹭，叽叽歪歪，而后忽然下定决心，一跃而起，扶摇直上。北京昨天还沙尘横空、雾霾弥天，今晨忽然清风徐来、霞光万里。此刻鲲鹏展翅，云卷云舒，心情好得基本不可能再好了。闲来无事，见前座椅背正好插有时尚杂志，于是拈出 *New Air*，《新航空》。《新航空》？《新航空》是山航机舱杂志，而我坐的明显不是山航。也罢，什么航无所谓，只要航空就行。也巧，随手一翻，里面有我一篇小文章，配图照片明显是我。十二年前的我。可比现在的我年轻多了，风流倜傥，飒爽英姿，我一时看得呆了。文章也是我写的：《我译〈失乐园〉》。村上倒是说他从来不重读自己写的东西。我不同，孩子总是自己的好。敝帚自珍。重读当中，时而赞叹自己居然如此有才，时而诧异何以这般愚蠢。一惊一喜，惊喜交加，可比看别人的文章好玩多了。

渡边淳一，《失乐园》。文章首先概括渡边文学的出场人物。"小说男主角多是年纪较大的中下层公司职员，即所谓老不正经。女主角则多是有夫之妇，即所谓红杏出墙。这就决定了渡边淳一笔下的男女恋情远离了花前月下、阳光海滩的开放性浪漫，而更多展示他们尴尬的处境、瑟缩的身影、纠结的心态、夜半的叹息。它是畸形的，又未尝不是自然的；是猥琐的，又未尝不是真诚的；是见不得人的，又那样刻骨铭心……"噢，文笔到底不俗，至少没有江郎才尽，或许还能在文坛城乡交界地带混一阵子。不过，我这么写会不会有为婚外情辩解的嫌疑？旋即，脑海里闪出年过半百的男主人公久木。老不正经？继而闪出风韵犹存的女主角凛子。红杏出墙？

如此浮想联翩之间，一位空姐走来了，娉娉婷婷，如梦如幻。空姐，凛子，黑木瞳……空姐！空姐一只手将一摞报纸托在胸前，一只手把小本本举在眼前。我一向喜欢看报。一瞥，见是《环球时报》，就更想看了。我关心环球大事，尤其关心特朗普挑起的对华贸易战又翻出什么花样，于是兴冲冲伸手讨要。不料空姐硬生生把我伸出的手晾在一边，转而面带讨好的笑容，倾身问我旁边一位正看手机看得入迷的先生要不要看报。我有些不悦，也颇为不解，但没说什么。公共场合，对方又是女孩子、美女。少顷，又一位美女空姐像怀抱一只眼看就要下蛋的小母鸡一样抱着报纸款款走来，我又不知趣或者条件反射地伸出手去。她略一迟疑，老大不情愿似的给我一份。我也略一迟疑，问她："报纸不够了吗？"她说不是报纸不够，是服务程序。服务程序？什么服务程序？我终于按捺不住，反唇相讥："一元钱一张的报纸也好意思用来分个高端低端？若是贵宾舱或商务座倒也罢了，同样的座位，同样的客人，何苦非来个三六九等不可？"

罢了罢了，报纸不看了，这比特朗普严重得多。兀自气恼之间，一位看上去年纪偏大的空姐稍后走了过来，径直走到我的跟前："您好！我是本次航班的乘务长。听说刚才您伸手要了两次报纸才要到手，我批评了她们……"我怒气未消："若是印尼进口的皇冠丹麦曲奇、法兰西人头马威士忌，或者一盘热气腾腾的肥肉馅水饺，我一般不会伸手讨要。活到这把年纪了，那点儿分寸感还是有的。可问题是一张报纸、一张报纸！空姐们都是受过高等教育的有教养的人，理应晓得一张报纸事小，损害人的自尊事大。男人也好，女人也好，人在很大程度上是靠自尊活着的，好比汽油为飞机提供航行动力……"说到这里，我陡然打住。这里不是演讲会场，是狭小的机舱；对象也不是高校师生，而是前来向我解释和道歉的空姐兼乘务长。

噢，是的，我是来北京演讲的，前天晚上北大，北大光华管理学院；昨天晚上清华，清华研究生会。张张笑脸，阵阵掌声，闪闪明眸，朵朵鲜花，座无虚席的会场，要我签名的长队。我是那么兴奋，甚至沾沾自喜，不知今夕何夕。虚荣心、自尊心得到莫大满足。不料今天一张报纸却让我情绪一落千丈——莫非二者反差使然？使得台上演讲的我一下子成了和空姐吵架的我？

2018 年 4 月 7 日

同学会：和空姐没谈成的我

毕业四十三年了。一九七五年，吉林大学。转眼就是二〇一八。班长是上海人，毕业返回上海，从上海打来电话，问我去不去参加同学会。"老林啊，去吧！说一句伤感话，见一次少一次！"我略一迟疑，回答："去！"

忙固然忙，可我怎么好再说不去呢？同学会办了四次，头两次我勉强去了，后两次坚决推了。忙并非说谎，但忙不是根本性理由。哪个不忙？蜜蜂忙，蝴蝶、蜻蜓就不忙吗？根本性理由，是我不想去。说实话，大学三年零八个月，没有什么美好记忆是属于我的，莫如说不美好的记忆倒是鱼贯而来。在校每月六元助学金的苦日子，寒假回家母亲揪心的咳嗽声，无可诉说的隐秘性精神痛楚，急性黄疸型肝炎，祖母去世，外祖母去世……没有花前月下，没有卿卿我我，没有燕舞莺歌。多少个黄昏形影相吊地在校园久久徘徊，多少次夜半咬着被角吞声哭泣，多少个凌晨醒来静听冷雨敲窗。般般样样，桩桩件件，早已把逃离农村上大学的欢欣冲去堤外。并不夸张地说，就好像全世界所有的冰雹同时锁定目标朝我头上打来，而且基本持续三年零八个月之久。"天将降大任于是人也，必先苦其心志……"之于我，漫说大任，连个小小的党支部副书记也没任上，而心志倒是苦不堪言——你说这样的大学生活有什么好留恋好回顾的呢？而大学同学会，有意也好，无意也罢，势必以某种形式还原现场，撬开记忆的封盖。问题是，这个根本性理由不好向班长明说，尽管脑袋灵光的班长倒是一向善解人意。是的，世界上不能明说的理由也是存在的。

此外还有一个理由：我这个人一向对集体、团体、整体之类——无论作为概念还是作为实体——提不起兴致。说痛快些，不热爱集体。天生性喜孤僻，懒得"吃瓜"凑热闹。说具体些，我对日语二班九男七女十六个人中的每一个人可能都怀有不同程度的好感，但对日语二班这个班集体却全然上不来感觉。这点可以明说，实际上也在同学会上明说了。至于怎么说的，且听下文分解。

六月中旬，全班十六个人中的十三人汇聚北京（实际上一多半本来就在北京）。先在一个同学家里碰头（顺便说一句，这个同学家里雇有菲律宾女佣，一开门就眉飞色舞跟我们讲英语，立马搞得只会讲汉语和日语的我们自惭形秽），吃罢主人招待的日本料理，分乘几辆"奔驰"一路奔驰两个多小时，到得延庆一座名叫"香屯"的小山村，在一处农家院屯军扎寨。附近山头有原形毕露的秦长城断墙残垣，村头巷尾一丛丛粉色蜀葵正值妙龄，俨然花枝招展的菲律宾女佣。老态龙钟的栗树，一枝出墙的红杏。石碾子，辘轳井，石板路，木门楼，大西瓜，水蜜桃。空气清新，凉爽宜人。不坏，的确不坏，比刚才老同学的三百平方米豪宅强似三百倍。

农家院为四合院样式，有炕，有床，宽敞，自在。很快各就其位，屯放妥当。随后围着院子中央两张大圆桌坐定，准备开班会。原来的生活委员张罗茶水，原来的班长安排日程，主持会议。只有我这个原来的团支书下岗了。团员倒是还有，但似乎已经转为"夕阳红"旅行团的团员了。班会正式开始，班长发表讲话。突然，天降大任于是人也：班长指定我第一个发言："听说你到处忽悠，又忽悠得好，这回也给老同学忽悠一场！"其实，别人比我"忽悠"得更好，或京师正厅，或"985"博导，或中日合资企业老总，赴日如履平地，或私企老板，不差钱……但班长有令，不便推辞。于是我首先梳理之于我的二班同学和同学二班的关系，解释说自己两次缺席同学会并不意味不想念、不感激老同学。而后举例说明其实我是多么感激作为个体的老同学。

例如，孙大姐（班里她年龄最大，我们都这样称呼）见我毕业后南下广州孤苦伶仃，出于同学情谊，就把她当时在广州白云机场当空姐的妹妹介绍给我。空姐，尤其上个世纪七十年代的空姐，全国加起来都没有现在的"空客"多，一般人坐飞机上天简直比步行登天还难。甭说空姐长相，那一身制服就足以把所有男性乖乖制服。然而空姐的姐姐硬是把那样的妹妹介绍给了我这个穷困潦倒的天涯孤客。即使没谈成，我也感激终生……孙大姐接着说道："林同学那时候可傻了！听我妹妹说你去她机场宿舍，也不好好坐着，不正经说话，站在那里东看一眼西看一眼，不知你在看什么，闹不清是什么意思。后来我还劝过妹妹，说林少华是才子，不会谈恋爱，但会写诗。不嫁给他，你要后悔一辈子的。但妹妹说后悔一辈子也不嫁给呆子……"

这下可把大家听呆了。说实话，这事我对谁都没说过。我再是呆子，也晓得"和空姐没谈成"不是可以随时显摆的事。如果不是参加同学会，不是班长降大任于我，不是我对同学个体心存感激，除了当事人，这个世界上根本不会有人知道这个跟空姐没谈成的我！

2018 年 7 月 26 日

我三十七，村上三十七，渡边君三十七

常言道：三句话不离本行。不是吗？石瓦匠喜欢讲自己盖的房子又要拆迁庆贺了，理发匠喜欢说他又修理了一颗聪明绝顶的脑袋，教书匠免不了谈论"双减"后如何"减员增效"，翻译匠呢，动不动就谈翻译多么重要，显摆自己的翻译。

也是因为日前有媒体要采访我这个翻译匠，无意间发现一个巧合：翻译村上《挪威的森林》那年，我和书中主人公渡边君正好同岁！记得吧？《挪威的森林》开头第一句："三十七岁的我那时坐在波音747客机的座位上。"一九五二年出生的我翻译这本书时是一九八九年——三十七岁的我坐在书桌前的座位上，对照日文写下"三十七岁的我……"。

这一发现让我惊诧不已。竟有如此巧合！而这又是多么关键的巧合——"三十七岁的我……"这巧合的第一句，带出了首期十七本中文版村上作品，继而二十七，再而三十七，如今已有四十四本之多，总发行量超过一千三百七十万册。我因此有了浮世虚名，有了工资以外的银两，有了不算很少的"流量"。而这一切始于巧合的两个"三十七岁"。

不，还有一个三十七岁——村上写出"三十七岁的我……"时也三十七岁。喏，村上在《挪威的森林》的《后记》中记得一清二楚："一九八六年十二月二十一日在希腊米克诺斯岛的维拉动笔。"村上一九四九年出生，一九八六年岂不也三十七岁！难怪有人说书中的渡边君即是村上君。村上本人也承认"这部小说具有极重的私人性质……属于私人性质的小说"。你看，我、渡边君、村上君，同是三十七岁。

不同的是作者、译者写下"三十七岁的我"的处境。先看作者村上："雅典一家低档旅馆的房间里连个桌子也没有，我每天钻进吵得要死的小酒馆，一边用微型唱机反复播放——放了一百二十遍——《佩珀军士寂寞之心俱乐部乐队》，一边不停笔地写这部小说。"再看我这个译者。你别说，我的处境好像还没那么低档。住的是破格提为副教授后分得的两室一厅，桌子不但有，还是新的，请木匠师傅新打的"两头沉"，还煞有介事地配了一把减价转椅，唱机也不是村上那种"随身听"，而是留学回来在友谊商店买的免税组合音响。播放的乐曲也不是西方流行音乐，而是中国古琴曲《高山流水》——知音！说实话，也曾尝试播放过《佩珀军士寂寞之心俱乐部乐队》，然而叮叮咣咣、乒乒乓乓听得我心焦意躁，心全然"寂寞"不下来。而翻译是寂寞的营生。那东西也能算音乐不成？

不过这点留待以后研讨，说回"三十七"。无须说，渡边君当年三十七，今年三十七，永远三十七。我呢，三十七，四十七，五十七，转眼六十七……村上君呢，三十七忽一下子颠倒过来：七十三！

我蓦然心想，假如今年七十三岁的村上，某日心血来潮写下"七十三岁的我……"，进而"不停笔地"写出一部《巴布亚新几内亚的森林》什么的，稍后七十三岁的我还会照译不误而"升级"那段人生旅程吗？

王小波说："人应该记住自己做过的聪明事，更该记得自己做的那些傻事，更重要的是记住自己今年几岁了，别再搞小孩子的把戏。"我倒是很想在七十三岁时搞三十七岁时的把戏……

我期待着。

2022 年 2 月 19 日

关于村上夫人与"绿子"关系的考证

今天想"八卦"一回，讲一下《挪威的森林》里面的绿子是不是村上夫人或村上夫人是不是绿子的原型。我想，搞清了这一点，也就搞清了渡边君后来是不是和绿子结婚了的问题，搞清了"直子连爱都没爱过我"。不过也不完全是"八卦"，我有根据。毕竟我也多少算是个学者，若无极特殊情况，一般不会信口开河无中生有。何况这类话题比较敏感，没有根据是说不得的。

什么根据呢？请看《挪威的森林》的《后记》里是怎么说的："这部小说具有极重的私人性质……属于私人性质的小说。"自不待言，"私人性质"和自传不是一回事，一如法律性质并不等于法律，所以我得进一步搜罗证据。还好，证据很快手到擒来。因为村上有很多随笔。如果说小说顶多是"私人性质"的虚构，"ぼく"

（我）是主人公，那么随笔则是私人性质的写实，"ぼく"（我）就是作者。我也写随笔，里面的"我"就是"我"，就是"林少华林老师"。适当装修一下在所难免，但房子框架不会动。

村上有一套"村上朝日堂"随笔集，一共五本，有一本就叫《村上朝日堂》，其中有一篇围绕婚恋的对谈，村上谈起和太太相识的过程，坦率承认他考上早稻田大学第一次上课就和那个女生坐在了一起，在同一个班上课。由于当时正闹"学潮"，上课时一个革命学生走上讲台对老师说：今天讨论，别上课了！于是全班开会讨论"美帝国主义的亚洲侵略"，而那个女生是从天主教学校考来的，什么也不懂，问"帝国主义是什么"，村上就给她讲什么是帝国主义，"一来二去就好上了"。不过对方已经有了男朋友，村上自己也有个正相处的女孩，用村上自己的话说，花了好几年时间两人"才搞到一起"。

喏，你看，这不和《挪威的森林》中渡边君和绿子的情形差不多？只是，小说里边，绿子除了问帝国主义，还问渡边君读没读过《资本论》和读懂了没有。记得渡边君怎么回答的吧？"要想真正读懂《资本论》，必须掌握与之相关的系统思维方式。当然，对于整体上的马克思主义，我想我还是基本可以理解的。"至于双方原先的对象，绿子很快和对方大吵了一架，分手了；而渡边君这边则纠结得多，直到最后也无法断定是否"搞到一起"。但暗示了"搞到一起"的可能性——小说最后一句："我从哪里也不是的场所的正中，不断呼唤着绿子。"

顺便说一句，我见过村上两次，但没见过村上的太太。因为村上没有请我去有艺伎眉来眼去的高档日料餐馆喝酒，所以没有机会打探人家的隐私。从照片上看，村上太太的确有几分小林绿子的韵味，至少比《挪威的森林》电影里的绿子给我的感觉相近得多。

那么村上和作为绿子原型的太太婚后过得怎么样呢？我得到的所有证据都说明两人过得相当好。之所以好，主要是因为两人的婚姻观正确。村上说："我们都认为男女、夫妇这东西基本上是对等的，应该基本对等地劳动。"（《终究悲哀的外国语》）《村上朝日堂的卷土重来》那本随笔集里，有一篇题目叫《模范主夫》的文章，坦言婚后第二年当过半年"主夫"（househusband）。"在早上七点起来做饭，送老婆上班，收拾房间"，然后刷盘洗碗，洗衣服。因为穷得买不起洗衣机，"只好在浴室里'呱唧呱唧'用脚踩着洗"。晚上做大酱汤、炖菜、烤鱼，而且端上桌的时候一定"把带鱼头那段装在对方盘里，尾巴这半儿留给自己"。村上说："这倒不是身为主夫低人一等，而仅仅是出于厨师的习性——想让对方多少高兴一点。"这点可比我强多了，我一定要向村上君好好学习。

除了有对等意识，村上认为夫妻关系中"紧张感"很重要。他说："男的如果对人生失去信心，打算这样子凑合下去，或认为家庭这东西就这么回事，那恐怕就完了。我们两人一来有互相对等的紧张感，二来也不想让对方瞧不起。"显然，这里的"紧张感"不是我们常说的两人关系紧张，剑拔弩张，火药味十足，而是相对于凑合过日子的倦怠感而说的。换个说法，不妨说是"刺激性"。

那么"紧张感"是怎么来的呢？村上说生活当中的"紧张感"是自己制造的。他为此举了几个例子。比如即使在家里也绝不邋邋遢遢，总是穿得像模像样、整整齐齐。洗完澡从不光穿一条短裤东倒西歪。早上一定刮胡子，甚至排泄也不弄出动静来，再比如太太说话的时候先注意倾听，听完了再发表感想。对方做的饭菜，好吃就说好吃。对方做饭，自己就洗碗。与此同时，好好整理自己身边的东西，自己的衣服自己熨烫。对了，这点在他的小说里面也常出现吧？男主人公大多喜欢熨衣服，说熨衣服有十二道工序等等。

村上还举了和"紧张感"相反的例子。他说他当时住的地方几乎全是工薪阶层，有的人看上去真叫人失望，"样子实在太不讲究了。邋邋遢遢，穿着拖鞋……感觉上活像泄了气的皮球"。

好了，今天就讲到这里。一开始就交代了，这不是"八卦"。退一万步说，即使是"八卦"，也可能是蛮有启示性的"八卦"。

2022 年 8 月 29 日

讨日本媳妇的中国人

据说天底下男人有三大美梦：住美国的房子，讨日本的媳妇，吃中国的饭菜。美国我没去过，听去过美国的朋友说美国的房子确实大，尤其城郊或乡间独门独院的，屋前屋后，野兔相逐于草坪，松鼠蹦跳于树间，蜂蝶嬉戏于花园⋯⋯啧啧！我当然想住。可惜此生此世怕是没戏了。日本的媳妇？日本的小房子倒是住过五年，一开始年纪也还不大，而且也不是所有日本女孩都对我横眉怒目，但我终究没敢启动非分之想。那时不比现在，生怕被大使馆遣送回国。现在呢？老了，本国媳妇都岌岌可危，遑论别国的！这么着，唯一得以做成的美梦就是吃中国饭菜了。不过说实话，我还真不大喜欢中国饭菜，尤其中国北方的，咸、油腻、量大、烹调过度，几乎从未有过为吃而笑逐颜开的记忆。

其实，也不光我，古今中外估计也没几个男人一举做成这三大美梦。周作人？日本老婆，中国饭菜，三分之二。胡适的某个人生阶段？美国房子，中国饭菜，而老婆是中国人。如此看来，能达到三分之二已经很不错了。这么多年，三分之二我也没见过几例。前不久倒是见过一例，姑且说这一例吧。

事情发生在春节前跟团去日本旅游期间。刚才也说了，我在日本住过五年。大阪，长崎，东京；一年，三年，一年；留学，任教，调研。从最北端的北海道到最南头的冲绳岛都去了。兴之所至，甚至好事地考察了村上长篇小说《海边的卡夫卡》中出现的四国地区有关的城镇、街道和建筑。在日本去的地方，比我在山东去的地方不止多出两倍。何苦跟哪家子旅行团去日本旅游呢？可我还是去了。原因很简单，除了家人，还要招待两位亲戚，而若选择自由行，势必由我当团长兼导游兼翻译，那比翻译《海边的卡夫卡》不知麻烦多少倍！

再说，装作不懂日语傻傻地跟在旅行团后面东张西望，想来也够好玩的。既可体味某种优越感，又不无"卧底"意味，妙！

二十九人旅行团忽一下子从青岛飞抵大阪。下飞机跟日本当地导游上了旅游大巴。这位日本当地导游不是日本人而是中国人。介乎青年与中年之间的男性，自我介绍说是十几年前从山东威海来日本东京的，娶了日本媳妇后立马退学。"有日本配偶可以无条件签证,何苦花那么多血汗钱上什么只要给钱谁都能上的五本大学呢?"听他这么说,我注意打量了他两眼。身材虽不够梁山泊好汉标准,但模样过得去,尤其眼神,精神得活像子夜时分的猫头鹰。难怪他显摆有人说他长得像香港演员吕良伟。

也可能是因为老乡见老乡的关系,威海人"吕良伟"什么都跟"青岛团"说:"日本女孩可比中国女孩好对付多了。反正只要对她好就行。请她吃拉面,给她买小甜饼,生日里半夜敲门假惺惺送她带二十支小蜡烛的小蛋糕……花不了多少钱,反正简单得很。但对付中国女孩可没这么简单哟……"他说他回威海乡下老家谈了两次,两次都没谈成。第一次相亲,对方问他开什么车来的,他说开皮卡来的,女孩立马起身,拂袖而去,只留下一个毅然决然的背影。第二次相亲他吸取教训,由皮卡换开面包,这次没产生车型纠纷,很快进入实质性阶段。不料一次去对方家时发现女孩正和她妹妹吵架,一把抓住妹妹的头发骂骂咧咧往墙上撞。罢了罢了,现在撞妹妹的脑袋,将来就能撞老公的脑袋!这回轮到他拂袖而去,留下一个只有演员才有的毅然决然的背影。

再后来他毅然决然闯来日本。来日本谈一个成一个!现在给他生了俩儿子的日本媳妇当年是医院护士,他作为翻译陪朋友去医院时对方主动向他眉来眼去,他也报以眼去眉来，于是很快成其好事。而且对方一没提房子，二没问开什么车，三没抓妹妹的头发撞墙，甚至连彩礼都只字未提，只管由他拎包入住女孩父母家，就像东北人冬天拎包入住海南岛一样……嗬，天底下居然有这等美事，听得我心里酸溜溜的。自己旅日五年都干什么来着?! 不知是不是"吕导"看出了我的心思，最后这样总结道："中国人一般都认为日本女人温柔贤惠，但那是过去，甚至十几年前也还大体温柔贤惠，如今可不是那么回事了。比如我娶的这位吧，不说别的，七八年来一直是我做饭。生气了，做也不吃。不吃当然不是因为我做的是中国饭菜。她喜欢吃中国饭菜——没准不是嫁给我这个中国人，而是嫁给了中国饭菜……"

噢，看来讨日本媳妇也未必多么美妙。

2017 年 3 月 9 日

"海豚宾馆"与 *LOVE HOTEL*

"我总是梦见海豚宾馆。"村上《舞！舞！舞！》劈头一句。这是一家不可思议的宾馆。"它使我联想起生物进化过程中的停滞状态：遗传因子的退化，误入歧途而又后退不得的畸形生物，进化媒介消失之后在历史的烛光中茫然四顾的独生物种，时间的深谷。"宾馆经理是一个总是蜷缩在服务台里面的中年男子，"眼神凄惶，指头少了两根……如同在淡蓝色的溶液里浸泡了一整天之后刚刚捞出来似的，他的全身上下没有一处不印有受挫、败阵和狼狈的阴翳"。可怜的宾馆，"可怜得活像被十二月的冷雨淋湿的一只三条腿的黑狗"。

然而，不知何故——不知是我这个译者应得的奖励还是惩罚，前不久我居然实际住进了这样的宾馆！名字容我隐去，反正招牌上没写"海豚宾馆"。但是，真的不是海豚宾馆?

这样的疑问出现在春节前跟团赴日旅游期间。第一天大阪,住的应该不是"海豚宾馆"。那实在太小了,进门不到两步半,小腿就"咯嘣"一声碰床腿了。倒是有一把椅子,但位置仅够放一把椅子,人要坐在椅子上只能坐进屁股,两条腿横竖找不着地方安放。抱膝危坐倒不失为一计,问题是特意花钱来日本抱膝危坐?

翌日东京,日本国首都。暮色苍茫时分,大巴像大马哈鱼一样拐进一条小胡同,导游说宾馆到了。到了?四下环顾,不是平房,就是比平房高不了多少的土头土脑的混凝土建筑。困惑之间,跟着导游摸黑走下马路牙子,又摸黑下了两三级石阶,再摸黑摸进黑洞洞的车库旁边的木格拉门,拉门外墙上嵌了一块仿佛存心不给人看的方形木牌:×××HOTEL。进得门,仿佛同样存心不给人看的服务台就像往日乡间小学的课桌,里面一位五十岁光景的男士想必就是董事长兼经理兼领班兼侍应生了,长发披肩,无精打采,脸色发青,的确"如同在淡蓝色的溶液里浸泡了一整天之后刚刚捞出来似的,全身上下没有一处不印有受挫、败阵和狼狈的阴翳"——莫非村上在这里住过?

电梯也让人尴尬,空间只能供两人面对面或背靠背立正站着。你说,若一男一女怎么办?不过也别太泄气,房间可是别有洞天:面积之大,足可供五六名儿童踢足球，走了至少十五步才到此端床头。十五星级？另一端床头的壁纸大约是毕加索或什么人笔下的后现代派大花园。双人床近乎椭圆形，极大，睡一大家子外加一只波斯猫都绰绰有余。问题是今晚实际躺上去受用的唯我一人——二十九人旅行团不巧出了单数，又不巧单数是我。再看卫生间，嗬，卫生间比昨晚住的宾馆房间还大。浴缸状如搁浅的游艇，里面各种水龙头看得我眼花缭乱，俨然水龙头展销会。墙壁上的马赛克也足够浪漫或恶俗……于是我开始沉思。五分钟后得出结论：这房间不是卡拉OK包间改造而成，就是LOVE HOTEL（情爱旅馆）进化而来。旅日五载我固然没进过卡拉OK包间，更没进过LOVE HOTEL——那玩意儿不是一个人进的——不过，依据我海量日本小说的阅读心得，结论基本不会有误。

睡吧！在"游艇"洗浴完毕，我一个人一头栽上"LOVE HOTEL"大床，"通"一声躺成个"大"字，乖乖，说舒服倒也舒服。

下半夜不知几点醒来，忽然听得一种奇异的声响。漏雨？不可能，外面满天星斗。暖气管开裂？日本压根儿没水暖设备。于是下床推开卫生间门，但见雾气蒸腾，茫无所见。进去细看，墙壁和天花板上像爬满七星瓢虫一样密密麻麻爬满水珠。再看，原来"游艇"一个水龙头正在滴滴答答淌水，淌热水，地面湿漉漉的。昨晚本来关好了的，莫名其妙！赶紧重新关上。问题是墙壁和天花板上的"七星瓢虫"怎么办，置之不理不是不可以，但那势必留下中国人的负面印象。只好拿起浴巾、毛巾、垫脚巾上下擦个不止，整整擦了半个小时。你可以想见深更半夜一个大男人丢盔弃甲大战浴室的狼狈场景……

第二天早上快上车时我独自走到"书桌"前对"海豚宾馆"的经理悄声说道："恕我冒昧，在我眼里，您这宾馆好像原本是 LOVE HOTEL 或者……"经理似乎想笑，却未笑出，表情就那样焊在了脸上。"さようなら！"（再会）我向他点头道别。

噢，到日本两天来我还是第一次讲日语。

2017 年 3 月 9 日

教师节的"私房话"

教师节——每年有个节日以自己的职业命名，何其幸也！并非每个职业都有此幸。喏，没有总统节，没有CEO节，没有商人节，没有明星节，是吧？所以每年九月十日我都比较兴奋，即使血压上蹿下跳我也要喝上两杯，一杯金奖白兰地，一杯网红老白干。当然不至于喝醉——据我所知，教师节喝醉的教师鲜乎其有——喝罢乘兴提笔，写一篇教师节抒怀短文，自我欣赏完毕，投给校报等媒体祝贺同行教师节快乐！

但今年我就不再抒怀了，而说"私房话""秘话"——小声披露可能纯属私人性质的作为教师的快乐。

其一，显摆之乐。别的教师如何不敢妄议，我这个教师可是极有显摆欲的。你想，昨晚才获得的知识，今早一上课就能显摆出去，感觉多爽啊！例如一次夜半读木心的《文学回忆录》，读到木心谈日本文学那一章，而且谈得那么幽默好玩、别具一格，不由得心中暗喜，赶紧输入脑海。翌日早上又在校车上温习巩固一番，下车后三步并作两步直扑讲台。也巧，正是日本文学课，讲日本文学特色，没讲几句我就把自己还没完全吃透的"木心说"迫不及待地一吐为快。当然不至于傻傻地招供说其实俺也是昨晚才偶然碰上的，而装出素有研究、成竹在胸的派头。于是十几个研究生傻傻地投来崇拜的目光——你说感觉能不爽吗？要多爽有多爽。假如讲台前没有摄像机那黑乎乎的"大眼珠子"正对着自己的嘴巴，没准笑出声来。我敢保证，世界上基本不会有哪个教师讲日本文学时请木心出山助阵。讲罢趁热打铁，以《木心与日本文艺》为题涂抹了一篇讲稿，并且在杭州木心读书会上再度显摆一番，又一次赢得前排几位女性动人的目光。此其一，显摆之乐，"现炒现卖"之乐。若非教师，此乐何来？

其二，既然说到了目光，那么其二就说目光，目光相迎之乐。自不待言，讲课时倘有学生以崇拜或近似崇拜的目光注视自己，大凡教师心里都一定掀起快乐的浪花。而作为"私房话"，我想说，作为男老师、男性教师，来自女生的这样的目光尤其让人乐不可支。喏，那目光，那眼神，就像清晨紫色牵牛花正好噙一颗露珠的花蕊，或像早春河畔荒草丛中绽开笑脸的蒲公英，又好像西方天际厚重的云层中忽然泻下的一缕霞光，纯净，真诚，美丽。于是文思泉涌，于是妙语连珠，于是如有神助，想不超常发挥也难。这样的快乐，实乃教师独有的快乐，花多少钱也买不到，Money在此失效。何其快哉！不过请别误解，虽说本质上男人大多无可救药，但此时的我绝无非分之想。非我夸口，包括带研究生二十年在内，任教四十年来从未闹出"花边新闻"。时有媒体就此"爆料"，每觉匪夷所思。甭说别的，那对得起学生的目光吗？

其三，青春幻觉之乐。教师还有一个大"红包"：成天跟年轻人在一起。老师会老，学生不会老，本科生入学年方十八，研究生毕业不过二十五，大体如此定格。"近朱者赤，近墨者黑。"那么近年轻人呢？势必年轻，至少幻觉年轻。而那是何等美妙的幻觉啊！何况真的年轻也未可知。是的，我已年近古稀，但若在二十米开外一眼望去，据说全然不像七旬老翁。老态龙钟，老气横秋，老奸巨猾，和我毫不相干。尤其讲座"互动"完了而年轻人忽一下子冲上讲台要我签名合影之时，那热辣辣的青春气息、胀鼓鼓的青春活力、水灵灵的青春眸子，真个如潮水一般刹那间把我整个淹没——那分明是青春的潮水，淹没了我真实的年龄，淹没了我脸上的皱纹，淹没了我头上的白发，想不年轻都不可能，都不被允许。

即使从会场出来，那股潮水也久久难以退去，使得我情不自禁地昂首挺胸，目视前方。借用村上式比喻，精力充沛得没准能一口气跑去月球背面。不错，俺还不老，还能和年轻人互通心曲打成一片。至少还能为年轻人所需求，还能为年轻人提供什么……

最后，其四，任性之乐。好几年前的事了，某日领导单独找我，说这次教学评估要检查电子版教案。我说我不会电脑，没那玩意儿。"没有怎么行呢？那不行啊！"岂料我当即来了脾气："不行还能怎样？没有就是没有！要我教我就教，不然立马走人……"你别说，我还真立马起身走了，事情就这样不了了之。在东北某市政府当小处长的弟弟感叹："大哥就你这脾气，幸亏是在大学，要是在政府机关，早没戏了！"的确，大学不同，教授照样当，戏照样唱。即使不是教授，哪怕还是讲师，只要能在讲台上赢得学生尊敬的目光，又有赢得 C 刊青睐的学术论文，再任性也没有人把他怎么样，职称该提照样提。说到底，投票表决时领导不也一人一票，而不是一人两票。任性之乐！而天底下能相对容忍任性的空间，除了父母跟前，也就只有大学校园、大学领导了吧。这当然要首先归功于体制，归功于制度安排。谁都晓得，只有这样才更能保持大学的活力、大学的特色、大学的品格和创造性。在这个意义上，我的任性之乐，未必限于一己之乐。

此生此世，作为教师，其乐何如，其幸何如！幸甚至哉，放言"秘话"。恕我重复，倘有来生，还当老师，还过教师节！

2021 年 8 月 29 日

感谢校报，祝福校报

人生在世，总要和他人，和单位以至社会发生种种关联，有被动的，有主动的。主动的，即所谓介入。介入的形式各所不一。作为我，也许因为性喜咬文嚼字舞文弄墨的关系，大多采取语言介入这一形式，在报刊上开专栏，在网上开博客、开微博，还没少外出开讲座、开读书会。具体到自己供职的海大，主要是应约在校报《中国海洋大学报》开专栏。

据我不很确切的记忆，专栏大约是从二〇〇八年开设的，设在第三版《观点》版面。专栏有个名称：夜雨书灯。责编是王淑芳。虽然忝列《观点》版头条位置，但说实话，并无像样的观点可言——何况世界上原本也没那么多观点可供我在校报上开专栏——但就状况而言，"夜雨书灯"倒是真的。校报是周报，大体要每周写一篇。上完课回来，傍晚放下碗筷，就在校园里一边随脚步转来转去，一边让脑袋转来转去。大多时候是空转，一无所得。偶有所得，就扭头奔回书房，拉亮台灯，在昏黄的灯光下摊开稿纸，挥笔填满一个个绿色的方格。说得玄乎些，赶紧让稍纵即逝的微茫情绪化为纸上审美。倘若外面夜雨敲窗，感觉就更加妙不可言。时而心如止水，任凭一缕幽思飘向远空；时而心神激荡，不无横槊赋诗的自许与嚣张。必须说，那是我一天中或几天来至为充实和幸福的时刻。

是的，审美。观点不够审美凑，这是我写东西一个小小的诀窍。观点有限，而审美无限——修辞具有无限可能性。如写校园草坪上的蒲公英："当大家一齐仰看密密匝匝的樱花的时候，我宁可独自端详树下零零星星的蒲公英。多好看啊，嫩黄嫩黄的，黄到人心里去了，真想俯下身子亲一口；多顽强多机灵啊，草还没返青小骨朵就冒了出来。因了它，山坡有了金色的星星，河畔有了动人的笑靥，路边有了眨闪的眼睛，草坪有了黄艳艳神奇的图钉……"而后笔锋一转，开始抨击进校园挖蒲公英的人：居然不懂蒲公英的美，真真匪夷所思！以致偌大草坪上"蒲公英全军覆没，艳黄的图钉尽皆剔除，深情的眸子了无形影"。

也有时自我调侃，观点不够调侃凑？反正作为现实，调侃别人易惹是非，调侃自己则万无一失。我曾这样调

266

侃多年前申报二级教授答辩退场后的自己："退场大约十一点。半小时后我兴冲冲一路跑回家来。家人问我战况如何，我笑道：毫无悬念，百分之百！快拿酒来！岂料'琅琊台'没等喝完第三口，电话铃响了：俺落选了！非常非常意外。由于太意外太太意外了，我竟完全忘了失望、埋怨、气恼、悲伤等其他所有情感。举起的酒盅不知是喝下酒去好还是就这么举着好……"尽管如此，但去年教师节我仍在校报上发誓：倘有来生，还当老师！

如此这般，校报"夜雨书灯"记录了一个普通教师思维移行的轨迹、心情起伏的潮汐和校园生活的日常性审美韵致。这样的"个人史"，将来未尝不可以成为校史的一个花絮。而这在很大程度上有赖于校报。

除了"语言介入"，我这个无官无职的平头教授，还因了校报这个中介得以同学校层面的机构和领导有了接点——曾在樱花大道盛开的樱花树下和当时的王宣民总编称兄道弟，握手言欢；曾和责编王淑芳老师就专栏文章的若干字眼冥思苦索，斟酌再三；曾和时任宣传部部长的丁林在班车上谈及拙稿。"看了？"我问。"老师们辛辛苦苦写的，我至少要通看一遍才是。"我也偶尔开玩笑："组织上怎么从未给我个官儿当啊？哪怕党支部副书记也好！"已经调任组织部的丁部长略一停顿，淡淡应道："组织早就看出你不适合当官儿，所以让你专心搞业务。这不，你不成了有名的翻译家了？你该感谢组织才对！"你别说，这话还真有奇妙的说服力，也让我对他多了一分敬意：此人真够机警的，立马变被动为主动，以守为攻，实非等闲之辈！接任宣传部部长的陈鷟教授也对我颇为欣赏，一次我去上海演讲时他特意派首席记者李华昌一同前往，回来不久校报就刊发了华昌君写的长篇报道。

那期间我还第一次接触到于志刚校长。十多年前的二〇一〇年修斌教授主持的日本研究中心成立。成立大会结束后我正悠悠然坐着喝茶，时任校党委书记的于校长从隔壁房间走来，轻拍一下我的肩膀道："林老师，你写给人大校长的公开信我看了，语气重了些，校报一时拿不定主意，就来问我，我说发！大学要是还不允许有一点儿不同的声音，还是大学吗？！"是啊，信中我的确对人大纪校长"从不赞同教授治校"提出了不同的看法，后来听说人家还正在海大开会……校训"海纳百川"，挂在嘴巴上容易，刻在石头上也容易，而真正落实，就需要胸襟与胆识。

其实，我的职业生涯也受惠于海纳百川的校方格局。我的五年续聘，我的五年另聘，庶几得以实现。而上面这一切，显然少不了校报专栏和校报报道的传播之功。感谢校报！祝福校报！值此九十华诞之际，祝她焕发出更加蓬勃的生机、更加亮丽的光彩！

2021 年 4 月 5 日

"上海人聪明，素质好"

"上海人聪明，素质好。"这话可是出自老一辈领导人邓小平之口。记得好像是一九九一年对当时的上海市委副书记、市长黄菊说的，鼓励他大胆进行浦东开发——不把上海人的聪明和好的素质用在浦东开发上岂不可惜?! 这当然是夸上海人，而且夸的是事实。江南江北，关内关外，外地人对上海人尽管有林林总总般般样样的看法，但这一点怕是任凭谁也不能不承认的，上海人确乎聪明，素质好。我是闯关东的山东人后代——半个山东人半个东北人，非我刻意自谦也绝非自虐，大大半生时间里，我从没听谁这么夸过山东人、东北人。在广东工作二十多年，也没听谁这么夸过广东人。

或许你要说苏东坡可是夸过的哟，喏，"日啖荔枝三百颗，不辞长作岭南人"。但是，那与其说是夸广东人，莫如说是夸广东的荔枝。没准你又要说，能种出让苏东坡都流连忘返的荔枝的人，那还不聪明，素质还不好？那也许是的。其实我也做过岭南人，而且做的时间长过东坡先生好几倍，也从不说广东人的坏话。那倒不是因为荔枝。三颗荔枝一把火，三百颗绝对吃不得的。万一吃了，不喝三千毫升"王老吉"凉茶解热祛火才怪。诗人的话不可轻信。究竟如何，留待下次讨论。

说回上海，主要是想说一下我和上海、上海人的"历史渊源"。恕我老话重提，我是在东北一座"穷得连乌鸦都会哭着飞走"的只有五户人家的小山村长大的。上大学之前休说上海人，外乡人都见得不多，城里人就更少了。记忆中唯一深刻的城里人印象，是"文革"返乡务农期间见过的长春卫校来村里打针实习的姑娘，看得我倒吸一口凉气：原来姑娘在城里可以漂亮得如此惊心动魄！以致凉气吸罢，差点儿忘了接着吸不凉的气。至于上海人，简直是"海上三山"般虚无缥缈的存在。然而没想到，上大学报到的第一天或第二天，就见到了实实在在的上海人（男生，不是上海姑娘），由此翻开了我的长达几十年上海人交往史或城乡交往史的第一页。不错，大学时代班长是上海人，毕业后南下广州当翻译时的顶头上司是上海人，研究生毕业后在暨南大学任教时一位系主任是上海人，北上青岛以来身边一位说话甚为投缘的教授是上海人。这还不算，在上海出的书最多，仅拙译村上作品就有四十四本；在上海做的讲座最多，几乎忽悠遍了上海所有大学；在上海的报刊开的专栏最多，《第一财经日报》《东方早报》《新民晚报》《解放日报》以及《上海电视》周刊。自不待言，朋友里边上海人最多。某一年还差点儿去了上海财经大学，若非家人一口咬定"上海冬天没暖气"，俺肯定来个"不辞长做上海人"：阿拉上海人！当然喽，即使当年调来上海上了户口，能否立马成为"聪明，素质好"的上海人怕也是个问号。

和上海、上海人交往这么久，自然对上海、上海人别有感情以至向往。噢，对了，去年十二月在上海一所大学演讲，主持人是北京名校博士出身的河南人。会下交谈，得知年轻的他的太太是上海人，我一时惊诧莫名：你这个河南人居然讨了上海妞？对方反问："林老师你什么意思，地域歧视？河南人咋啦，河南人就注定不能讨上海人为妻了？"随即淡淡一笑，"上海女子脑袋灵光得很哟，我钱包里有几角几分、卡上有几分几角都一清二楚……"听得我愣了一会儿，愣到最后也没弄清此君对其上海夫人是抱怨还是欣赏。倒是和我无关。

不记得来上海多少次了。就居住时间来说，最长住过半年，那是一九七七至一九七八年秋冬之间。上海宝钢引进日本成套设备，翻译人手不够，位于上海的交通部第三航务工程局就从位于广州的第四航务工程局情报资料室把这个会日语的我借调过去帮忙。也巧，上海这位室主任和我的广州那位室主任同是上海人，而且都是有些年纪的上海男性，都很修边幅，上下衣着干净得体，举手投足颇有派头，只是，上海的这位显得更为"老派"，走路脚步极轻，好几次走到我身旁了我才察觉。更让我意外的是，他专门为我开了欢迎会、欢送会，来时开会欢迎，走时座谈欢送，很让我有些感动。要知道那时候我刚毕业两年，什么都算不上，所以肯定不是他当时就从我身上发现了某种文学潜质，而是上海人素质好，讲规矩，重礼数，而且一视同仁。不过相比之下，尤其让我感动的是单位食堂里的"狮子头"。满满一大碗，中间一个动物园小狮子头般的大"狮子头"，热气腾腾，油花闪闪，加之第一次吃得，感觉幸福极了，甚至认定幸福就是吃"狮子头"。同时心想上海人就是聪明，居然鼓捣出这么好吃好看又好玩的玩意儿。晚上就住那里的单位宿舍，位置似乎靠近肇嘉浜路，晚饭后有时沿这条路往来散步。那时不比现在，路阔人稀，车少树多，天高地迥，视野开阔。"高城望断，灯火已黄昏。"后来因为冬天没暖气而手脚上长了冻疮，偶尔也萌生归意："江山信美，终非吾土，问何日是归年？"

那期间见到了班长。他是从黑龙江生产建设兵团去吉林大学上学的，毕业时正好上海有分配指标，理所当然回了上海。那时他还没结婚，和父母住在一起。他

272

在一个公交车站等我，带我顺着很窄的水泥楼梯或木楼梯爬上楼去。房间类似阁楼或亭子间，反正很小，真正叠床架屋，几乎转不开身，我也才得知上海人的生活也并不尽如"狮子头"那样美妙。饭后告辞时他乖觉地问我在上海有什么事要办。我终于鼓起勇气，向他讨了两张购衣票，用来买了一条黄褐色暗纹长裤和一件不知是"的卡"还是毛料的藏青色中山装，穿上赶紧奔去外滩歪在铁栏杆上照了一张相。刚才居然找了出来：二寸照，背景应是一幢绛红色的管风琴状或佛手果状的老大楼，楼顶横置"东亚电器"（？）四个字，楼前一座连续弧形的跨江铁桥。相片底端落款为"外滩留影 1978春节"。衣服因刚刚上身，一副和我若即若离、离心离德的架势。再看自己的表情，乖乖，居然像是从哪里租来的表情，看不出是自傲还是自卑，也不知是发呆还是发愁，借用现今年轻人的表达方式，满满的违和感。换句话说，哪怕再一身上海新装，俺也是十足的乡下人。某种东西是改变不了的。

对了，二十八年后的二〇〇六年我又去了班长家。士别三日不敢当，但毕竟快别三十年了，纵然如我，也多少不再是吴下阿蒙，开始混出点儿名堂了。班长呢，班长是上海人，本来就比我素质好，辅以天时地利，自然混得更风光了：外企中方老总，高尔夫，名车。这回当然不在公交车站等我了，亲自开车去宾馆接我去其府上。府上内景我就不描述了，只说一句：上下两层。在上层请我吃"神户和牛"烤肉。实不相瞒，味道仅次于二十八年前的"狮子头"。光阴似箭，十二年过后的二〇一八年在北京开同学会，得知他夏天住在上海郊区的别墅。"有林桑你喜欢的院子，院子里有几架黄瓜和西红柿，下次来上海务请光临！"一晃儿又两三年过去了，但我还没有"光临"。上海倒是不知又去了多少次，但一来没找出正适合出城的时间，二来隐约觉得还是适当保持距离为好。只有适当保持距离，友谊也才能地久天长。这是几十年来我同上海人交往当中获得的一种直觉。近朱者赤，近墨者黑，和聪明的上海人接触多了，没准我也多少变得聪明起来。某种东西还是有可能改变的。

是的，距离产生美，产生友情，产生思念和牵挂，进而催生素质。来一个蹩脚的假设，假设我不在青岛而就住在静安寺附近某个弄堂里，上海人还会不会仍这么欢迎我这个乡下人呢？

2021 年 3 月 6 日

我和高慧勤先生

日前在校车上同文学院一位教授坐在一起。刚去外地参加学术研讨会回来的他向我感叹："以前在学术会议上作大会发言的，年老也好，年轻也好，一般都是学界公认的学者，至少是有真才实学的人。可如今呢，多是院长、副院长等有官位的。没想到官本位意识都渗透到学术会议来了……"

这番话，让我不期然想起高慧勤先生，一位女先生。高先生生前是中国社科院外国文学研究所东方文学研究室研究员，长期兼任日本文学研究会秘书长，在李芒先生二○○二年去世后继任会长。我和高先生并无师门因缘，任教的大学也远离她所在的北京。加之无官无职，我和她见面的机会几乎仅限于学术会议。记忆中，高先生任秘书长、会长的一二十年时间里，每两年召开一次日本文学研讨会，只要我在国内，会前两三个月她几乎每次都亲自打电话或写信给我，叮嘱我准备大会发言的论文。"这样的全国性学术会议，还有日本学者参加，大会发言总要有几篇够分量的学术论文才行！"——写到这里，她那热切而郑重的语声仿佛再次从听筒中传来耳畔。

这样，每次大会发言那个宝贵的时间段，几乎都有三十分钟由我上台摇唇鼓舌。一次会后她还把我的发言论文推荐到极被外国文学界看重的学术刊物《外国文学评论》上发表。说实话，我之所以能在学术界有一点点影响，之所以能在一本接一本的翻译当中没有彻底沦为翻译匠，应该同高先生有很大关系。毕竟，有人督促和没人督促，做起事来是大不相同的。当然，客观上这未必意味着我写的东西多么够分量。但在高先生的主观意识中这一点无可置疑：学术会议大会发言必须有够分量的学术论文！这无疑是她主持日本文学研究会期间的唯一考量。换言之，学术分量是她看重的唯一分量。至于是不是院长等非学术性分量，全然上不了她心中的天平。这不仅表现在大会发言安排方面，而且表现在小组会议和会下交谈之中。我认识的年轻学者不止一次跟我谈起高先生对其提交的论文及发言的看法和鼓励。回想起来，那是一个多么纯粹又多么"奢侈"的时代！

在翻译方面，高慧勤先生以翻译川端康成的作品知名，主编过《川端康成十卷集》（河北教育出版社）和《芥川龙之介全集》（山东文艺出版社）。她一丝不苟的态度和细腻优美的文笔一向为大家称道。

高慧勤先生于二〇〇八年不幸去世，享年七十四岁。不妨说，高先生和高先生这样的长者的去世，在某种意义上带走了一个时代，一个令人怀念和期许再生的时代！

2017 年 4 月 13 日

谢天振，一位值得怀念的沪上学者

恕我开门见山，开门就出题：你读的翻译小说、文学翻译作品，你认为那是外国文学还是中国文学？我猜想，多数人都会不假思索地回答：当然是外国文学喽！甚至可能出声或不出声地嗔怪说：瞧你问的什么！然而有一位先生说："不，翻译文学属于中国文学。"这位就是去年去世的沪上学者、上海外国语大学教授谢天振先生。

先生开创了"译介学"。上外大副校长查明建教授认为先生的专著《译介学》"首次从理论上论证翻译文学的归属问题。作者从翻译文学的性质、地位和归属等方面，从理论上论证了翻译文学与民族创作文学的关系，明确了翻译文学的文学地位，提出了'翻译文学是中国文学的组成部分'的学术命题"。这意味着，以《挪威的森林》为例，倘以日文读其原著『ノルウェイの森』，那么你是读日本文学、外国文学；而若以中文，以拙译读之，则是读翻译文学，而翻译文学是中国文学一个组成部分。如何？观点前所未闻吧？外国文学和翻译文学的区别因此得以厘清。在此之前，别说一般读者，即使学界也往往混为一谈。

实际上先生也曾把这个观点用在《挪威的森林》批评上面。时间倒退十几年，二〇〇九年樱花盛开时节，先生来青岛参加"翻译学学科理论系统构建高层论坛"，一见面就拉起我的手说："你译的《挪威的森林》、译的村上小说，他们批评得不对，个别误译谁都避免不了，重要的是要从它在中国的传播和影响方面来分析看待。本来我想请人写篇文章……"不是我趁机翻旧账，大约从二〇〇八年的年底开始，忽然刮起一股批评拙译村上作品的旋风，指责"美化"者有之，冷嘲热讽者有之，大呼上当者有之，国外甚至有人说是"汉语沙文主义"。当时我还没有觉察出其中的非学术性批评因素，深深陷入困惑和痛楚之中，就好像从莺歌燕舞的花坞忽一下子掉进了夜幕下冰冷的漩涡。借用村上式幽默，简直就像全世界所有的电冰箱一齐朝我大敞四开——就在我冻得瑟瑟发抖四顾茫然的时候，先生向我伸出了援助之手。不过那时我还没意识到那是先生的"译介学"观点所使然，而认为是出于学者的公允之心和正义感。显而易见，这一观点已经超越了传统的"信达雅"之说，同抓住一两处误译就如获至宝叽叽说个没完甚至百般奚落的所谓批评相比，更是迥异其趣，高下立判。

谢老师的另一贡献，就是为中国翻译学科的创建与发展身体力行，奔走呼号。记得二〇一七年十月来我校讲学时，主持者任东升教授要我点评几句，我想了想，对满满一会场的翻译硕士生缓缓说道："大家今天之所以能考进这里，坐在这里，应该感谢谢老师。假如没有谢老师和他的同事多年来不屈不挠的努力，翻译学科的建立就不会这么快得到认可和批准……"掌声四起，男生女生把热诚的目光投向谢先生。刚刚坐下的先生起身致意，露出不无腼腆的微笑。是的，我说的并非场面上的套话，而是肺腑之言，是事实。一个人创立了一门学说，又把这门学说付诸实践，进而促成一个学科的建立，这个贡献，无论如何都是了不起的贡献。既是学术贡献、学科贡献，又是社会贡献。

也巧，很少很少和先生相见的我，两个月后又见到了先生。当时我做客上外大演讲，先生特意赶来请我去研究室喝他亲手调制的咖啡，又小心找出精美的糕点，让我连吃带喝。言谈举止是那么热情，甚至带有几分少年般的激情和纯真，使得研究室极普通的桌椅也好像有了鲜活的表情。老实说，咖啡如何，我这个乡下人喝不出什么名堂，但糕点确实够味儿。加之摇唇鼓舌之后有了口腹之欲，一般不吃零食的我一连喝着咖啡吃了好几块。由于晚上还有活动，我谢绝了晚宴美意。告辞时，他从书橱里抽出一本他参与编写的北大版精装学术论文集，有一篇是北大项目组写我的翻译的，着重剖析了开头说的那场"林译风波"背后商业操作的来龙去脉。先生说他手头只有这一本了。这是一本对于我特别重要的书，我自己却完全不晓得，而先生题签送给了我……

先生走了，离开我、我们快一年了。先生是萧山人，本科时代、研究生时代和职业生涯都在上海、上外大度过。二〇二〇年四月二十二日因病在上海去世，享年七十六岁。

一位值得怀念的沪上学者！先生千古！

2021 年 3 月 23 日

云长去矣，翼德去矣

乡下人如我，最早接触的上海，是"上海人民美术出版社"——印在一本本巴掌大的《三国演义》连环画扉页底端的"上海人民美术出版社"。

作为乡下少年，我识字可能算是快的。记忆中，似乎刚上学跟老师朗读完"白天太阳，晚上月亮"，太阳落山的晚上就能自己对着油灯看"小人书"（连环画）了。其中最着迷的是《三国演义》。据几年前小学同学聚会时已是老太婆的班长"揭发"，上课时俺也不看黑板，只顾低头看《三国演义》。"一次要借橡皮擦你不理，我说再不理就报告老师你偷看小人书……"

《三国演义》连环画一套六十册。当时最远大的理想，就是把六十册凑齐。除了和同学"物物交换"，就得自己买了。定价一两毛钱一本。贫苦岁月，三分钱一支的冰棍都绝对是奢侈品，我自己从没买过。嗓子渴冒烟了，就扔下书包跪在小河边"咕嘟"几口——就那样一分、两分、五分苦苦积攒，估计差不多了，就兴冲冲跑去十里外的供销社，一头扑在玻璃柜上，翘起脚尖急切切搜寻刘关张哥仁儿的身影。《千里走单骑》，关云长骑着火红的赤兔马，手挥青龙偃月刀，过关斩将，一骑绝尘。喏，眼下斩的是蔡阳还是蔡阳的外甥？赶紧一只手掏钱，另一只手把关云长"连人带马"妥妥接了过来。再隔着玻璃往下看，《长坂坡》！赵子龙跃马横枪，往来冲杀，锐不可当。赶忙掏钱。钱呢？上上下下只抠出两分钱——两枚小小薄薄的"壹分"硬币。若非隔着厚玻璃罩，我肯定一把抄起书就跑——赵子龙千军万马之中七进七出，我面对一个胖阿姨还怕跑不出门?!

　　天无绝人之路。出门往左边大榆树下一拐，一位老伯正在树荫下守着小人书摊打瞌睡。只租不卖，一分钱一本，当场看，当场还。正好有《长坂坡》。我当即把攥出汗的一分硬币放到老伯张开的手心，一屁股坐下翻看起来。不光长坂坡赵云，坡下当阳桥上还立着张翼德，黑马黑袍，丈八长矛，横眉怒目，吼声如雷：战又不战，退又不退，却是何故？只消一声大喝便把曹军吓得屁滚尿流、抱头鼠窜。"百万军中取上将之头，如探囊取物耳。"——谁个不怕?! 纯爷们儿，真汉子也！

　　如此这般，《三国演义》小人书早早定格了我心目中的三国群英形象。尤以关羽、张飞最见特色。赵云固然印象极佳，"三好学生"，但在少年的我的眼里，似乎同马超区别不大。

小学四年级时发现在公社当小干部的父亲的书箱里有厚厚两大本《三国演义》，当即偷出一本跑进西山坡上的松树林，"咕噜"躺在软绵绵毛茸茸的落叶毡子上，头枕一捆茅草翻开书页。插图不大中意，不像！相比之下，关于关羽、张飞的长相描写，却和小人书里的正相吻合。关羽关云长：丹凤眼，卧蚕眉，面如重枣，美须飘飘，威风凛凛，不时语出惊人："吾观颜良，如插标卖首耳！"张飞张翼德：身长八尺，豹头环眼，燕颔虎须，势如奔马，声若巨雷："我乃燕人张翼德也！谁敢与我决一死战？"

万万没想到，三四十年后，这般模样、这般声势的关羽、张飞竟至活脱脱出现在眼前！九四版电视剧《三国演义》，陆树铭版关云长、李靖飞版张翼德……简直就是从小人书画页中，从大厚本《三国演义》字里行间走出来的，也和三四十年来与我朝夕相处的内心视像一模一样。形神兼备，惟妙惟肖，天降乎？再世乎？一个神话，一个奇迹！

而后来高希希导演的所谓《新三国》电视剧，关羽木呆呆神采全无，张飞脑袋两侧居然支出两撮短发，活活动漫！至于再后来的电影《关云长》，关羽不但个头矮小，而且长相猥琐，千里走单骑一路上和嫂嫂眉来眼去，就差没来个"一夜情"。我们民族的人格标杆和精气神儿哪里去了？歪曲，恶搞！安的什么心？

而今，云长去矣！翼德去矣！二〇二二年十一月一日，关羽扮演者陆树铭去世，终年六十六岁；同年十一月二十四日（农历十一月初一）张飞扮演者李靖飞去世，生命止于六十五岁。惜哉！痛哉！

顺便说一句，我是《三国演义》的"铁粉"。《三国演义》不但给了我精神底色，还影响了我的行文取向。四大古典名著，唯《三国演义》近乎文言，简洁明快，掷地有声，点豆成兵，气势如虹，真真才子书也！

2023 年 1 月 9 日